# 嘘だらけでも、恋は恋。

草凪　優

幻冬舎アウトロー文庫

嘘だらけでも、恋は恋。

目次

# 第一章　迷猫

## 1

体をいたわるということを知らなかった。

健康第一で生きている人間なんて心の底から馬鹿にしていたし、いまもしている。

崎谷（さきや）にとって、体は限界まで酷使するものであり、動かなくなったらそれでおしまいという代物にすぎなかった。使い捨てだが、実際、人間という存在自体が使い捨て以上でも以下でもないだろう。

だから、こんなふうにのんびりと湯治をして、体を癒すためだけに時間を費やすなんて、三十六年間生きてきて初めてのことだった。

ここに来てもう二週間になる。

高い料金をとるだけあって、居心地は悪くない。約三千坪の敷地に、全室が独立した離れになっている高級温泉旅館。母屋までの行き来には庭を五分ほど歩かなければならないから、プライヴェートが完璧に確保され、他の宿泊客と顔を合わせることもない。

食事は日に三度運ばれてくるし、部屋には露天風呂がついている。北東北の深い山間にあり、最寄りの駅まではクルマで二時間近くかかるものの、宿の人間に金さえ渡せば、たいていのものは手に入る。

静かな夜だった。

崎谷は一度布団に入ったものの、どうにも寝つくことができず、部屋の照明は消したまま、庭に面した縁側で酒を飲みはじめた。飲みすぎるとひどい宿酔いになる、安物の国産ウイスキー。飲むほどに、浴衣が汗ばんでいく。山の中でも、梅雨時なので蒸していた。夜空は分厚い雲に覆われ、月も星も見えない。チリチリとなにかを焦がすような地虫の鳴き声だけが、遠くからかすかに聞こえている。

暗かった。

いや、いっそ黒いと言ったほうがいいような夜闇が、目の前にひろがっている。

晴れ渡った昼間であれば、近隣の山々の美しく輝く緑の稜線が望めるという。崎谷はぼんやりした景色しか見たことがない。ここに来てから、ずっと雨や曇天が続いているからだ。

とはいえ、美しい景色なんてべつに見たくなかった。健康第一も馬鹿にしているが、豊かな自然というのも興味がもてない。

風が吹いた。

夜闇を支配する湿った空気は、ピクリとも動いていなかった。

心に開いた風穴に、冷たい風が吹き抜けていったのだ。

体の傷が癒えたところで、心の傷までが癒えるわけがなかった。むしろ、痛みに七転八倒していたときのほうが、心は健やかだった。人間、そういうときには、痛みから逃れること、体を回復させること以外、なにも考えない。生命力というやつを発揮して、生きのびることだけに集中する。

空になったグラスに、ウイスキーを注ごうとしたときだった。

人の気配を感じて動けなくなった。我ながら嫌になる。寝酒を飲んでいるときでさえ、人の気配には敏感にならざるを得ない。

夜闇の向こう――広大にひろがっている庭のどこかに誰かいる。近くはないが、遠くもない。半径一〇メートルから二〇メートル。

時刻は午前零時に近かった。月も出ていないのに、宿泊客が庭を散歩するとは思えない。

それでは宿の人間か？

小動物の類いかもしれなかったが、崎谷は息を殺してゆっくりと腰をあげた。物音をたてないように注意しながら、後退った。後ろは寝室になっている。畳敷きの部屋に、布団が敷いてある。

そこを抜け、トイレへと曲がる廊下の角に身を隠した。

人の気配は気のせいではなかった。ザッ、ザッ……と足音がする。確実にこちらに近づいてくる。

武器はない。

どうする？

崎谷はさらに後退した。離れの出入り口からいったん外に出て、縁側のほうにまわりこんでいった。

ガザゴソ、と草を踏む音がした。夜闇の中、人影が動いている。はっきりとは見えない。縁側に両手をつき、部屋の様子をうかがっているようだ。

崎谷はその場にしゃがんで、足元を探った。運良く、拳大の石を拾うことができた。立ちあがり、ゆっくりと背後から近づいていった。ツンと汗の匂いがした。右手につかんだ石を握りしめる。いつでも後ろから頭を割れるように……。

「動くな」

声をかけると、人影がビクッとした。

「動いたら、殺すぞ」

「こっ、殺さないで……」

女の声だった。震える両手を恐るおそる頭の上にあげた。

崎谷は夜闇に眼を凝らした。女は下着姿だった。背中にブラジャーの白いストラップ、そしてヒップを包む白いショーツが見えた。

## 2

「すみません……本当にすみません……こんな夜遅く……」

女はしつこく謝罪を繰り返した。その体には、バスタオルが巻かれている。崎谷が貸し与えた宿の備品だ。座っているのは縁側の板の間。足が泥だらけだったので、畳の部屋にあげるのははばかられた。

「敷地の外から入ってきたのか？　けっこう距離があるだろう？」

崎谷が訊ねると、コクン、と女はうなずいた。

「らっ、乱暴されそうになったんです……」

崎谷は眉をひそめた。

「クルマで山の中に連れてこられて……無理やり、その……おっ、犯されそうになって、あわてて逃げて……」

女はバスタオルに包まれた体を、ぎゅっと丸くした。

崎谷は女の顔をのぞきこんだ。部屋の照明はすでにつけてある。年は二十代前半だろうか。顔は小さいのに、びっくりするほど眼が大きかった。泣きながら走ってきたのか、マスカラやアイラインが流れ、眼の下が黒くなっているからそう見えるのかもしれない。かなり無残なことになっている。

クルマで拉致され、車内に監禁され、強姦もしくは輪姦されそうになった……。

それが本当の話なら……。

警察に通報しなければならない。

勘弁してくれよ、と胸底で吐き捨てる。警察に関わるのなんてまっぴらごめんだった。通報すれば確実にこちらの身元も洗われる。

「……やり直せ」

崎谷がボソッと言うと、女は「えっ？」と耳に手をあてて身を乗りだしてきた。

「いまなんて言いました？　聞こえませんでした」

「ここを出て、隣の離れでやり直せ。泊まってるのは、たぶん気のいいご隠居だ。助けてください って言えば、助けてくれる」

　女は啞然とし、

「あなたは助けてくれないんですか？」

「申し訳ないが」

「朝までここにいちゃダメですか？」

「朝になったらどうする？」

「……帰ります」

「裸でか？」

「服とか……貸してくれたら……」

「見たところ、おまえは手ぶらだ。タクシー代はどうする？」

「バス賃もありません」

「やり直せ」

「ひどくないですか？」

「ひどくない。そもそも、犯されそうになったのなら、警察に通報するべきだ」

「警察には……」

女の顔が悲痛に歪んだ。

「通報しません」

「なぜ？」

「だって……知ってる相手だし……」

「どういうことだ？」

「元カレっていうか……」

女はうつむいて小声で言った。どうやら、拉致・監禁・レイプ未遂ではなく、痴話喧嘩の類いらしい。

崎谷は太い息を吐きだした。警察に関わらなくてすむなら助かる。そうであるなら、妥協してやる余地はある。あくまでしかたなくだが、朝までここに置いてやろうか。

人助けなんてガラじゃなかった。募金箱に金を入れたことなど一度もない。しかし、この時間、この状況で追いだすのは、さすがにどうなのか……。

「綺麗な足が泥だらけだ」

女の下半身を指差して言った。綺麗と言ったのはお世辞ではなかった。なかなかの脚線美だった。よく見ると、汚れているだけではなく、臑（すね）のあたりに擦り傷も目立つ。

「しようがないじゃないですか……裸足で山道走ってきたんですよ……」

「この部屋には専用の露天風呂が付いてる。貸してやるから入ってこい」

女は眼を輝かせた。

「いいんですか？」

崎谷は渋々うなずいた。


安請け合いしたことを、すぐに後悔しなければならなかった。

布団の予備はあったものの、この離れには寝るための部屋がひとつしかなく、衝立も置いていなかった。

部屋を女に明け渡し、自分は朝まで縁側で飲んでいるしかないようだ。

さらに、浴衣の予備が見つからなかった。たしか何着もあったはずなのに、いつの間にか全部使ってしまったらしい。

彼女は下着姿でここに現れた。服はない。下着だって泥だらけのうえ、汗もたっぷり吸ってそうだし、とても湯上がりに着ける気にはなれないだろう。

よほどフロントに電話して用意させようかと思ったが、深夜に女ものの下着を頼んで、よけいなことを勘繰られたくなかった。

キャリーバッグの中を確認すると、新品の白いTシャツと白い綿のシャツが出てきた。上はこれでいいだろう。新品のブリーフもあったが、さすがにそれを渡す気にはなれなかった。下はブルージーンズ。新品ではないが洗濯済みだ。ウエストが合わないだろうから、フリーサイズのベルトも付けてやる。

「……ふうっ」

春でもないのに、とんだ椿事(ちんじ)だ。迷い猫がやってきたようなものか。猫ならミルクを与えておけばいいが、人間の女は手がかかる。

「あっ、あのう……」

女が風呂場から出てきた。体にバスタオルを巻いていた。崎谷は眼をそむけた。

「浴衣とか……貸していただけると……助かるっていうか……」

「浴衣は切らしてる。これで間に合わせてくれ」

服一式を渡してやると、そそくさと風呂場に戻っていった。

しばらくすると、服を着けて戻ってきた。長い髪が濡れていた。ドライヤーはあったはずだが……。

「ありがとうございます」

女は畳の上に正座し、深く頭をさげた。

「このご恩は一生忘れません」

小柄には見えないが、思ったより身長差があったようだ。シャツもジーンズも、袖や裾を何重にも折っていた。

「ここで寝てくれ」

崎谷は部屋の中に新しく敷き直した布団を顎で指し、立ちあがった。自分の布団は、縁側に移動してある。そこで寝酒の続きをやるつもりだった。

女のいる部屋に背を向けて横になったが、背後で障子の閉まる気配はしなかった。逆に、立ちあがってこちらに近づいてくる気配がした。

「なんだよ？」

振り返らずに言った。

「喉が渇いて……カラカラで……」

「蛇口をひねれば水が出る」

「こういうところの冷蔵庫なら、ビールが冷えてたり、しないかなあって……お風呂上がりは、やっぱり、そのう……」

崎谷は振り返った。女は気まずげに笑っている。風呂で顔を洗ったせいか、さっぱりした顔をしていた。化粧をしていなくても眼は大きかったが、素顔はずいぶんとあどけない。

崎谷は立ちあがった。一歩、二歩、と女に近づいていき、睨めつけた。女の笑顔はひきつった。

崎谷は女の脇を素通りし、冷蔵庫に向かった。扉を開けて缶ビールを一本取りだすと、女に渡した。縁側に出て、バーンと音をたてて障子を閉めた。

3

縁側の居心地は悪くなかった。

風のない夜だった。ちょっと蒸し暑いが、これなら眠りに落ちても風邪をひくことはないだろう。逆に汗みどろで眼を覚ますことになるかもしれないが、部屋には露天風呂が付いている。問題ない。

ただ、さっきから背後が気になってしようがなかった。障子の向こうに女の気配がした。たぶん、少し開けてこちらをのぞいている。こっそりのぞいているのではなく、のぞいていることをアピールしている。

崎谷は声をかけてやらなかった。誰がかけてやるものか。やがて、根負けした女のほうから声をかけてきた。

「一緒に飲みませんか？」

無視した。

「ちょっと、その……わたし、興奮してるみたいで……走って逃げてきたから、まだドキドキ、ハラハラしてて……どうせお酒を飲んでるなら……一緒に……」

黙っていると、障子が開いた。崎谷は布団の上に横になり、頬杖をつきながらウイスキーを飲んでいた。女は前にまわってきて正座すると、

「乾杯」

小さく言って、缶ビールをグラスにあててきた。

崎谷は眉をひそめた。いったいなにに乾杯するんだ？　と内心で吐き捨てる。

「長く湯治してるんですか？」

答えなかった。

「ここって、超豪華な湯治温泉なんでしょ？　富裕層の人が利用する……」

「有名なのか？」

「えっ？」

「地元じゃこの旅館、よく知られてるのか？」

「有名ってほどじゃないと思いますけど……知る人ぞ知る、というか……」

ここはいちおう、いわゆる隠れ家的な宿のはずだった。敷地が広くても、深い山間にあ

るし、全室離れなので部屋数も限られている。ネットで検索しても、情報がすぐにヒットするわけではない。大手旅行会社との取引もないし、公式ホームページさえ開設していない。

「病気、なんですか？」

遠慮がちに、女が訊ねてきた。

「どっか悪いから、こういうところで湯治を……」

崎谷は女を睨んだ。

「詮索するな」

「……すいません」

「黙っていられないなら叩きだすぞ」

「……ごめんなさい」

女は気まずげに身をすくめている。

崎谷は女に背を向け、もう一度横たわった。

「じゃあ、あの、自分の話をします……わたしの話を……」

懲りない女だった。

「名前はカンナっていいます……ここからクルマで二時間くらいの町に住んでます……生ま

れたのもそのあたり……田んぼ以外になんにもないところ……二十三歳……魚座のB型……特技は人見知りしないこと……趣味は……とくになし。強いて言えば食べること。仕事はホステスで、スナックで働いているんですが……」

不意に言葉が切れた。沈黙が続く。

「どうした？」

崎谷は振り返って訊ねた。

「いや、その……わたしの人生って、つまらないなって……」

ヘヘッ、と力なく笑う。笑顔にべったりと諦観が塗りこめられている。

「一瞬、これでいいのかって思っちゃいました」

「人生なんてつまらないもんなんだよ」

崎谷が言うと、カンナと名乗った女は強い眼力で見つめてきた。

「場末のホステスが元カレと痴話喧嘩の挙げ句、裸に剝かれて山の中を逃げまわった。つまらない人生だなあって思っても、みんなたいていそんなもんさ」

「そうでしょうか……」

「ああ」

「もしかして、わたしのこと慰めてくれようとしてます？」

「事実を言ってるだけだ」

「あの、これ……」

カンナは自分のことを指差した。

「ありがとうございました」

服のことらしい。

「ぶかぶかだな」

「ボーイフレンド・ジーンズですよね？」

「んっ？」

「女の子が男の人の家から朝帰りするときの格好？　いかにも彼氏の服を借りてきました―、みたいなオーバーサイズの服がレディースにもあるんです」

「なんだそりゃ……」

崎谷は苦笑した。カンナも笑っている。不思議な笑い方をする女だった。笑っているのに、泣いているように見える。

「真面目な話をしてもいいですか？」

カンナが声音をあらためて言い、

「断る」

崎谷は笑いながら答えた。急に酔いがまわってきた感じだった。

「真面目な話は好きじゃない。深夜の迷い猫と同じくらいな」

「わたし、猫じゃありません」

「猫のほうがマシだぜ」

「抱いてもいいです」

崎谷は笑うのをやめた。カンナの眼つきが真剣だったからだ。

「なに言ってる？」

「それくらいしか……お礼できないし……」

崎谷はグラスにウイスキーを注ぎ、飲んだ。

「わたしじゃそそられませんか？　仕事場じゃ……けっこう人気あるんですけど……」

「場末のスナックか？」

「場末って言わないでください……」

カンナが身を寄せてこようとしたので、崎谷は眼力で制した。よほど眼光が鋭かったのか、カンナはビクッとした。

「真面目な話をしていいか？」

できるだけやさしく言った。カンナが怯(おび)えたような上目遣いで見つめてくる。

「そそられるとかそそられないとかの問題じゃない。俺はセックスが苦手なんだ」

カンナはこちらをじっと見つめたまま、言葉を返さない。

「テンションがあがって眠れないなら……」

崎谷はグラスを振って中のしずくを飛ばすと、あらためてウイスキーをなみなみと注ぎ、カンナに渡した。

「気絶するまで飲めばいい。飲めよ」

カンナは戸惑いながらもグラスを受けとり、一気に飲み干した。ケホケホと咳きこんだ。眼を泳がせ、困惑しきった表情をしていた。

傷つけてしまったかもしれない、と思った。

女に恥をかかせる、というやつだ。

しかし、崎谷にはセックスに付き合うつもりなどなかった。彼女にしてやれることがあるとすれば、空になったグラスに、もう一度なみなみとウイスキーを注いでやることだけだった。

## 4

銀鼠の作務衣に身を包んだ年配の男が、朝食を運んできてくれた。

いつも通りにぼんやりした朝だった。天気がよくないせいだろう。崎谷がこの宿に来て以来、まだ一日たりとも快晴の日に出くわしていない。

「終わりましたら内線でご連絡をお願いします」

食事の準備を整え、作務衣の男がさがっていく。最初の数日は仲居が運んできてくれた。できれば男にしてほしいと、崎谷から申し出た。

座卓に並んでいるのは、味噌汁、浅漬け、酢の物、生卵、焼き海苔、鮭の切り身といったところだ。ごはんはおひつに入っている。

この宿の食事は、客に合わせてなんでもつくってくれる。頼めばフレンチトーストでも海鮮中華粥でも出てくるらしいが、崎谷は牛丼屋の朝定食に寄せてもらっている。素材がいいので、牛丼屋よりだいぶ旨い。

「もういいぞ」

声をかけると、トイレに隠れていたカンナがいそいそと姿を現した。

「俺は宿酔いで食欲がないから、食っていいぜ」

「ホントですか？」

カンナは眼を輝かせた。食事は上座に座っている崎谷に向かって用意されていた。腰をあげ、カンナに席を譲ってやる。

「日本の正しい朝ごはん、って感じですねえ」

カンナは座卓の上をゆるりと眺めて言った。汁椀の蓋を開け、匂いを嗅ぐ。

「こういうの、テレビでしか見たことありませんけど。うち、母親がズボラで、朝ごはんはいつも菓子パンだったし」

「そりゃ、だいぶマシなほうだ」

崎谷は鼻で笑った。

「俺のガキのころの朝飯なんて、柿ピーでもあればいいほうだったぜ」

カンナは眼を丸くした。言葉は返してこなかった。急に食欲を剝きだしにして、「いただきます！」と両手を合わせて言った。

崎谷は向かいの席でお茶を淹れていたのだが、思わず眼をそらしてしまった。カンナはまず、卵を割って器に落とした。割り方が雑で殻が器に入ってしまい、それを指で取りだすと、二本の箸を握りしめて乱暴に掻き混ぜはじめた。

箸が使えないのだ。

「やだ、こんなおいしい卵かけごはん、食べたことない。卵が新鮮なんですかね？　お醬油も特別なのかな……」

食べながらしゃべるので、ボロボロとこぼす。それでも、おかまいなしに食べつづける。白いシャツの前が黄色くなってくる。キュウリの浅漬けに箸を刺し、鮭の切り身は指でバラしている。

なかなかの育ちの悪さだった。崎谷も以前——二十歳になる少し前まで箸が使えなかった。ボロボロこぼしていた。テメエと食ってると飯がまずくなる、と殴られたことが何度もあった。実の親にではないが……。

「おいしいなあ……」

カンナは眼を三日月のように細めて言った。

「ここって、天国みたいなところですね。お部屋に露天風呂は付いているし、冷蔵庫開ければビールが冷えてるし、ごはんはとってもおいしくて……朝ごはんがこんなにおいしいんだから、晩ごはんなんてグルメ番組に出てくるような感じなんでしょうねえ。ベテランの女優さんが食レポするクラスの……」

「そうでもないさ……」

崎谷はお茶を飲んだ。ちょっと熱かったが、宿酔いの体に染みていく。

「カロリー過多で太ったりしたら、湯治をしている意味がないからな。晩飯はとくに、軽くて質素だよ」

「そうなんですか……」

「ああ」

「でも、興味あるなあ……軽くて質素でも、ここの晩ごはん、ほっぺた落ちそうなくらいおいしいんだろうなあ……」

「なにが言いたい？」

カンナは箸を置くと、顔の前で両手を合わせた。拝むように……。

「もう一日だけ、ここに置いてください！」

「ナメてんのか？」

「ナメてません！」

まっすぐに見つめてくる。

「家に帰るのが怖いっていうか……家っていっても、お店の寮のアパートなんですけど、あいつが……わたしに乱暴しようとした元カレが見張ってるかもしれないし……もう一日くらい冷却期間を置きたいっていうか……」

「ふざけんな」

崎谷は吐き捨てるように言った。

「それはおまえの都合だろ？　飯食ったら、帰れ。バス賃はくれてやる」

「冷たいこと言わないでくださいよー」

「俺はおまえの保護者じゃない」

「なんでもします！　なんでもしますから……」

また、顔の前で手を合わせはじめた。

「なにができる？」

崎谷は低く唸るように言った。自分の眼が据わっているのを感じた。

「おまえはいったい、俺に対してなにができるんだ？」

セックス、あるいはそれにまつわることを答えたら、食事の途中でも部屋から叩きだすつもりだった。カンナにも気持ちが伝わったのだろう。言葉を返せず、泣きそうな顔になっている。

「おまえ……」

不意に閃（ひらめ）いた。

「免許もってるか？」

「クルマの？」

「ああ」

「もってますけど」

「それじゃあ……」

崎谷は声音をあらためた。

「町に行ってレンタカーを借りてきてくれ。そうしたら、もう一泊させてやってもいい」

カンナは不安げに眼を泳がせた。

「どうした？　頭に血が昇ってる元カレと、冷却期間を置きたいんじゃないのか？」

「ペーパードライバーなんです。免許はもってますけど、クルマもってないですから、もう何年も全然運転してなくて……」

「じゃあ帰れ。友達にでも匿ってもらえばいい」

「ううう……」

カンナは恨みがましい上目遣いで見つめてきた。涙がこぼれ落ちて頬を濡らしたが、驚いたことに、泣きながら食事を再開した。


正午前に、カンナは戻ってきた。

青ざめた顔をしていた。クルマの運転がよほどしんどかったらしい。

それはともかく、まだ崎谷が貸し与えた服を着ていた。出かける前に濡れタオルで何度も拭っていたから、白いシャツについた黄色いシミはだいぶ薄くなっていたが……。

「服はどうした？」

部屋から送りだすとき、レンタカー代とともに、服を買う金も渡してやったのだ。

「買ってこいって言ったよな」

「なんかこれ、気に入っちゃって……」

青ざめた顔でヘラヘラ笑う。下着をどうしたのかも気になったが、さすがに訊ねるのははばかられた。

駐車場に向かった。カンナが借りてきたクルマを見て、崎谷は内心で溜息をついた。トヨタのアクア、色はゴールド。ハイブリッドも好みではないが、なぜこの色なのだろう？　メルセデスのシャンパンゴールドなどは高級感があるが、国産車のゴールドは黄土色、もしくは山吹色に見える。高級感もなければ、美しくもない。

しかしカンナは、

「店員さんには他の色を勧められたんですけど、よくないですか？　金運あがりそうじゃないですか」

崎谷は運転席に乗りこんでエンジンをかけた。

「運転、できるんですか？」

カンナが助手席に乗りこんできて眼を丸くする。

「免許証を紛失しちまっただけで、運転は得意なほうだ。おまわりのいないところなら、乗りまわしても平気だろう」

アクセルを踏みこみ、アクアを発進させた。

小雨が降っていた。

しばらく走って、カンナが青ざめていた理由がわかった。記憶にあったより山道が険しかった。おまけに、長雨が続いたせいで路面がドロドロだった。十分ほど走ると山道を抜け、舗装された道路に出たものの、それまでは車体が激しく上下して、脱輪したら無事ではすまなそうなところもあった。

崎谷は黙って運転を続けた。町までは行かないように、かといって険しい山道には戻らないように……。

小雨の降る田舎道は退屈だった。せめて晴れていれば空の青さに感嘆することもできただろうが、なにもかも灰色に見える。

「名前、なんていうんですか？」

カンナが声をかけてきた。横眼で睨むと肩をすくめ、

「いいじゃないですか……名前くらい……教えてくれたって……」

「崎谷だよ」

どうせ偽名だ。

「崎谷さん、目的地はどこ？」

名前を教えてもらったのがよほど嬉しかったらしく、カンナは笑顔で訊ねてきた。

「わたし、いちおう地元なんで、案内できるところもありますよ」

「目的地はない」

崎谷は答えた。

「クルマで走りまわって、ああいうのを見たかったんだ」

視線の先にあるのは、なんの変哲もない民家だった。何軒かの集落になっているところもあれば、雑木林の中にポツンと一軒建っている家もある。

「いま、田舎の中古住宅ってびっくりするほど安いじゃないか。百万とか五十万とか、下手したらタダで譲渡しますなんて古民家もある」

「田舎暮らしがしたいとか？」

「自給自足に、まあちょっと興味あってね」

「崎谷さんって、都会っ子でしょう？」

「東京生まれ東京育ちだよ」

「やー、だから田舎暮らしに幻想があるんですよ。うちの実家、半農なんですけど、農作業って都会の人が想像もできないくらいきついですからね。朝はメチャ早いし、全身泥だらけになってやらなきゃいけないし。家のまわりになんにもないっていうのも、心が凍てつくらい淋しいもんですから……」

「そうかね？」

「うちの実家の裏には、そこそこ大きな池がありまして、冬になると白鳥が来るんです。白鳥って水の綺麗なところにしか来ないんですけど、逆に言えばそれだけ人間がいないってことなわけで……」

「風情ありそうだがなあ」

「住むなら絶対都会がいい。東京がいい。東京に住みたい」

「行ったことあるのかよ？」

「……修学旅行でディズニーランド」

「ありゃ、東京じゃなくて千葉だ」

崎谷は苦笑した。

古民家を安く手に入れたいというのは、嘘ではなかった。朧気(おぼろげ)な願望が胸にあったが、無理かもしれないな、と思いはじめた。

カンナの意見とは関係ない。

まず、イメージ通りの家がなかった。隠棲するというか、庵（いおり）を結ぶというか、世間からうまく切り離されたところがあればいいのだが、いまのところ見当たらない。もちろん、探し方にも問題があるのだろうが……。

それに、不動産を買うとなったら書類がいる。他人名義にするとか、業者を抱きこんでしまうとか、抜け道はいろいろあるだろう。しかし、知らない土地で行なうのは面倒だ。まず人脈づくりから始めなければならない。

やはり、旅館やホテルを転々とするしかないのか……。

5

「のっ、のぼせた……のぼせました……」

ふらふらと風呂場から戻ってきたカンナは、倒れこむように布団の上にダイブした。純和風の旅館の布団は過剰なほど敷き布団が厚いものだが、この宿も例にもれなかった。顔からダイブしても、痛くはなさそうだ。

湯上がりに火照ったカンナの体は、臙脂（えんじ）に白いあやめ柄の浴衣に包まれている。さすがにいつまでも隠しているわけにはいかず、宿泊客がひとり増えたことを宿の人間に伝えた。

女ものの浴衣を用意してもらい、ついでに夕食のメニューをランクアップしてもらった。崎谷ひとりなら蕎麦や素麺で事足りるのだが、カンナの期待に応えてやりたいという見栄が働いた。地元ブランド牛の陶板焼や採れたての山菜の天ぷらはいいとして、山の中なのにどういうわけか刺身の舟盛りまで出てきた。

「いったい、何度風呂に入れば気がすむんだ？」

崎谷は縁側に敷いた布団に寝転んで、ウイスキーを飲んでいた。この場所に布団を敷くのが、けっこう気に入ってしまった。

「飯食う前に二回、飯食ってからも二回」

「だってぇ……」

カンナが布団に伏せていた顔をあげる。綺麗なピンク色に染まっている。

「こんな経験、二度とできそうもないから……高級旅館の離れで、豪華グルメと貸切温泉の旅……なんかもう、テレビみたい……ビール飲んでいいですか？」

「勝手にしろ」

カンナは起きあがると、ふらついた足取りで冷蔵庫の前まで行って缶ビールを出した。プシュッ、とプルタブを開ける音にさえ満面に笑みを浮かべ、ビールを喉に流しこむ。

「おいしい！　もうたまんない！　おいしすぎて泣きそう！」

夜闇に響き渡るほど大げさな声をあげて、こちらにやってきた。崎谷の目の前で、しゃがんだ。崎谷は背中を向けた。

「完璧な一日って、こういうのを言うんですね……」

しみじみとした口調で言う。

「本当にありがとうございます。わたしいま、生まれてきてよかったって気分です」

「昼間は慣れない運転で青ざめてたじゃないか」

「言わないでください」

ぶるっ、と震えたのが気配で伝わってきた。

「でも、その……完璧な一日には、ピースがひとつ、足りないかなあって……」

「なんだよ？」

「これで、エッチしてぐっすり寝たら、本当に完璧……」

崎谷が眉間に皺を寄せて振り返ると、

「待って！　待ってください！」

カンナはあわてて制してきた。

「言うと怒られるってわかってたんです。でも、昨日とは事情が違いますから。昨日はその、助けてもらったお礼的な？　そういうお誘いだったんですけど、今日は……」

「なんだっていうんだ？」

よほど険しい表情をしていたのか、カンナは身をすくめた。

「今日は……わたしがしたいなあって……こんなにエッチしたいのって久しぶりだなあって……よかったら、付き合ってくれません？」

崎谷は無言で背中を向けた。

「そりゃあ、わたしは美人じゃないし、あんまり可愛くもないし……きっとタイプじゃないんでしょうけど……一生懸命頑張るし……気持ちよくなってもらうために……」

背中に触れられた。

「一緒にお風呂入りましょうよ。背中流してあげますよ。背中だけじゃなくて、体中隈無く洗って……そうしたら、その気になるかもしれないし……」

背中を撫でてくる。崎谷は言葉を返さない。黙ってウイスキーを飲んだ。見栄を張って豪華な飯など食わせるべきではなかった。そういうことをするから、こうやって懐いてくる。猫と一緒だ。

「ねぇ……無視しないでくださいよぉ……」

にわかに舌っ足らずになり、背中を撫でる手つきも熱を帯びてきた。後ろから浴衣を引っぱられ、はだけさせられた。崎谷は内心で舌打ちした。蒸し暑かったので、インナーのTシヤツを着るのを忘れていた。

カンナは腕ずくで寝技にもちこむつもりだったのだろう。だが、動かなくなった。言葉も発しない。振り返らなくても、崎谷にはその理由がわかった。

「こんな背中でも流したいか？」

崎谷は背中一面に和彫りの刺青を背負っていた。黒い鯉だ。自分で絵柄を決めたわけではない。鯉は滝を登り、登竜門をくぐって竜になることから、立身出世のシンボルと言われている。

むろん、そんな話は特殊な世界でしか通用しない。大浴場しかない温泉旅館なら、入浴を断られる。堅気の女の眼にはおぞましく、禍々しいだけだろう。

「これを見せたくないから……」

カンナが震える声で訊ねてくる。

「セックスが苦手なんて言ったんですね？」

「それは違う。本当に苦手なんだ」

「……ＥＤ？」

「インポか？　まあ、そんなもんかもしれないな……」

崎谷はふっと苦笑した。

「朝勃ちは、するんだ。ここへ来て健康的な生活をしてるから、毎朝うんざりするほど硬くなる」

「じゃあ……」

「面倒くさいんだよ。女の体をあれこれするのが……考えただけで憂鬱になる。悪く思わないでくれ。おまえのせいじゃない」

はだけさせられた浴衣を直し、寝酒を飲み直した。

崎谷はやくざ者だった。

元やくざ者、と言ったほうが正しいかもしれない。

中学校もろくに行かず、十五、六の歳から組事務所に出入りするようになり、十八歳で運転免許を取得すると、正式な部屋住みになった。少年院よりよほど厳しいやり方で、やくざ者として躾(しつ)けられた。

可愛がってくれる兄貴分もいたし、そうでない人もいた。ある日、可愛がってくれている兄貴分に呼びだされた。二十歳になる少し前だった。

ひとりではなかった。甲本(こうもと)という男と一緒だった。同時期に部屋住みになり、年も一緒だった。崎谷にとって唯一無二の、気の置けない兄弟分だ。

「ソープにでも連れてってくれるのかもしれないぜ」

呼びだされた場所に向かう道すがら、甲本はずっとニヤついていた。

「最低でも焼肉だろうな。昼飯食わないでおいてよかったなあ」

浮かれているのには理由があった。兄貴分からの呼びだしの電話を受けたのは甲本だった。そのときこう言われたらしい。

「下が入ってくるから、おまえらもうすぐ部屋住み卒業だぞ」

となれば、祝いの席を期待するなというほうが無理な相談だった。とりたててなにもないときでも、よく飯を食わせてくれていた兄貴分だったからだ。

しかし、崎谷と甲本が呼びだされた場所は、廃墟じみた雑居ビルの地下にある、もう何年も営業していないようなスナックだった。

待っていたのは、兄貴分だけではなかった。

銀色のドレスを着たキャバクラ嬢がひとり、ソファに転がされていた。ガムテープで手脚を拘束され、口にはタオルで猿轡を噛まされて……。

組が経営しているキャバクラで働いている女だった。ひと目見ただけでモデル級の美女だとわかったが、兄貴分によれば、売上は低空飛行を続けているらしい。勤労意欲が足りないのだそうだ。彼女は組に借金があった。にもかかわらず、太客に枕営業しろという組からの指示を、断固拒否しているという。

その結果が、この有様だった。

「おまえら教育したれ」

兄貴分は唇を歪めて命じてきた。

崎谷と甲本、ふたりがかりで輪姦しろということだった。

それが暴力沙汰であったなら、ためらうことはなかっただろう。組のために体を張り、どんな死地にでも飛びこんでいく覚悟があった。

しかし、レイプはきつい。そんなことはしたくない。隣にいる甲本も、青ざめた顔をしている。

とはいえ、そのレイプはただ、わがままなキャバクラ嬢の性根を叩き直すことだけが目的ではないようだった。兄貴分は、崎谷と甲本の出方を見ていた。言ってみれば、通過儀礼のようなものかもしれない。部屋住み卒業を目前にしているふたりの若僧が、この先本職の極道としてやっていけるのかどうか、見極めようとしていたのである。

ならば、逃げるわけにはいかなかった。崎谷はすでに、極道として生きていくことを心に決めていた。そうでなければ、奴隷じみた部屋住み生活からとっくに逃げだしていただろう。こんなところでイモを引いて、眼をかけてくれている兄貴分を失望させたくなかった。

　喧嘩のときは誰よりも頼りになる甲本も、そのときばかりはあてにならなかった。自分が跳ねなければ、ふたり揃って沈んでしまう。派手に跳ねてやる――キャバクラ嬢の前に、崎谷は一歩足を踏みだした。

「テメエ、なんで枕できねえんだ？」

　女は答えない。猿轡をされているのだから、答えられるわけがない。美しく整った顔を恐怖に歪め、怯えきった眼でこちらを見ている。

「オマンコがゆるいからか？　ユルマンすぎて恥ずかしいからか？　ガバガバだから客と寝ることができねえのか？」

　ハーフアップの茶髪を、むんずとつかんで揺すった。ソファにシャネルのポーチが転がっていた。女の持ち物だろう。崎谷はファスナーを開け、テーブルに中身をぶちまけた。リップスティックを一本つまんでから、女の猿轡をはずした。

「舐めろ」

　リップを口に近づけた。

「オマンコの締め方、教えてやる」

「ゆっ、許してっ……」

気の毒なくらい上ずった声で、女は言った。

「いっ、言うことをききますからっ……なんでもやりますからっ……だからもう、帰してくださいっ！」

「舐めろ」

崎谷は低く言い、リップを女の唇に押しつけた。女は涙眼をそむけながら口を開いた。崎谷はリップを突っこんだ。

「チンコを舐めるように舐めろ。見た目からしてドエロになるようにしゃぶれ。適当にやりやがったら、生まれてきたことを後悔するような目に遭わせるぞ」

「んんんっ……ぅんああっ……」

「その程度なのか？　それがテメエの思うドエロか？　そんな間抜け面で、チンポをビンビンにできると思ってるのかよ、ええっ？」

女は必死になって、エロティックな表情をつくった。健気に眉根を寄せ、できる限り口を開いて、舌も長く伸ばしていた。

元が美形だし、恐怖が顔面に張りついていたので、なんとも言えない暗い色香が立ちこめてきた。

レイプなんてごめんこうむりたかった。友達の恋人をレイプした連中を、半殺しにしたことがあった。そんなときでも、彼らの恋人をレイプするような報復の方法は、チラとも頭をかすめなかった。

それでも、振りあげた拳はもう、おろすことができない。女にリップをしゃぶらせていると、次第に残酷な気分になってきた。

そもそも、悪いのはこいつなのだ。黙って枕営業をしておけば……いや、通常業務で組が納得する売上さえクリアすれば、こんなことにはならなかった。彼女の器量ならできない相談ではないから、組だって金を貸したのだろう。

崎谷は、唾液でヌルヌルになったリップを、彼女の肛門に突っこんだ。女をバックで突きあげながら尻の穴に指を入れると締まりがよくなるという話を、実話雑誌で読んだばかりだった。その応用で、指のかわりにリップを入れたのだ。

崎谷の奮闘に、甲本も呼応した。自分ひとりイモを引くわけにはいかないと、鬼の形相で女に罵声を浴びせた。

「テメエこの野郎、しっかりオマンコ締めねえと、俺のデカチンをケツの穴に突っこむぞ。わかってんのか、コラアアアーッ！」

泣きじゃくる女を、崎谷と甲本は代わるがわる犯した。どちらかが後ろから突きあげているときは、もう一方が口唇に男根をねじりこんでいた。

正直に告白すれば、ひどく興奮した。鏡を見なくても眼が血走っているのがわかるくらいアドレナリンが出ていたし、相手はモデル級の美女。兄弟分とふたりがかりでひとりの女を犯し、兄貴分にそれを見守られているというアブノーマルな状況にさえ、刺激を感じていたくらいだ。

中出しをすると、女が半狂乱で泣きわめきだしたので、ビールで洗ってやった。シャンパンファイトの要領で、女陰にぶちまけた。ついでにマングり返しで縛りあげ、ビール瓶と交尾させてやった。イクまでやめなかった。

崎谷は童貞ではなかったが、自慢できるほど場数を踏んでいたわけでもなかった。だからきっと、そこまで残酷なことができたのだ。

「おまえら、わしよりもえげつないのお」

兄貴分はずっと苦笑いを浮かべていた。完全に引いていた。成果はあった、と崎谷は手応えを感じた。これでたぶん、少しは認めてもらえただろうと……あいつはやばい、頭がイカれてると思われるのは、やくざ者にとってかけがえのない勲章だ。

しかし、代償もあった。

それ以来、セックスができなくなった。

忌み嫌うようになった、と言ってもいい。

兄貴分が崎谷に対して引いていた以上に、崎谷は自分に対して引いていた。自分の中に潜んでいた、鬼畜のごとき獣性がおぞましかった。いざとなれば、自分は女に対してこんなにもむごたらしいことができる——もうこりごりだった。

不倫、風俗、パパ活——世間の連中は老いも若きも亡者のようにセックスばかり追い求めているが、そんなにたいしたものなのか？

セックスよりはるかに快感をもたらしてくれると言われているものが、この世にはいくらだって存在する。

ロックスターになってスタジアムの歓声を一身に集めること、Ｆ１レーサーになって誰よりも速く走ること、政治家になって権力欲や名誉欲を満たすこと、それらは特殊な例にしても、ギャンブラーはセックスよりギャンブルを選ぶだろうし、シャブ中だってシャブを選ぶに決まっている。

セックスなんて、そもそもその程度のものなのだ。

やらなければ死ぬというものではない。

といっても、生理的な現象はある。勃たなくなったわけではない。

そういうときは、尿意を我慢できずに立ち小便をしてしまうように、手淫で吐きだせばいいだけだった。

# 6

「女の体をあれこれすることが面倒くさいんですね？」

背中側にいたカンナが、崎谷の顔の見える位置に四つん這いでやってきた。

「じゃあ、崎谷さんはなにもしなくていいです。わたしが頑張りますから、エッチしましょう」

驚くほど無邪気な顔で言われ、

「なに言ってるんだ？」

崎谷は眉をひそめた。

「最近、そういうの流行(はや)ってるんでしょう？　マグロ男？　女の子には評判最悪ですけど、わたしはちょっと興味があって……可愛いじゃないですか、上向いてじっとしてるだけの男の人」

この女は——崎谷は胸底で深い溜息をついた。

諦めるということを知らないのだろうか？

たとえば災害に巻きこまれたとか、秘境で道に迷ってしまったとか、そういうサバイバルの場面なら、諦めないことも重要かもしれない。

だが、彼女が求めているのはセックス――たかがセックスで、どうしてそこまで不屈の精神を発揮できるのか。そんなにやりたいのか。こちらの放っている軽蔑のまなざしに、まったく臆することがないのはなぜなのか。

逆に興味が出てきた。好奇心が疼いた。

そこまで言うのなら――付き合ってやろうかという気になった。

「本当に俺はなにもしなくていいんだな？」

そうであれば、自分の獣性と向きあう必要もない。マッサージでもされている気分で、悠然と構えていればいい。

カンナはコクコクとうなずき、

「あっちに行きましょう」

と手を引いてきた。部屋に入ると障子を閉め、照明を落とした。橙色の常夜灯だけが、純和風の部屋を照らしだした。

崎谷は立っている状態で、浴衣を脱がされた。ブリーフもだ。不思議なくらい、恥ずかしいという感覚はなかった。その一方で、興奮のようなものもこみあげてこない。イチモツは女を愛せない形で下を向いたままだった。

「横になってください」

うながされ、布団の上にあお向けになった。カンナはまだ立ったままだった。浴衣の帯をとき、するっと脱いだ。下着は着けていなかった。

意外なほど女らしいボディラインが、シルエットで見えた。腰が高く、脚が長かった。乳房の先端や股間の翳りはよく見えなかった。カンナはすぐに馬乗りになってきた。

臍のちょっと下あたりに、女陰があたった。熱く火照っていた。濡れているようでもあった。湯上がりのせいなのか……。

「わたしいま、死ぬほど後悔してます」

上から見下ろしながら、カンナが言った。

「やめたっていいんだぜ」

「そうじゃなくて……」

髪を耳にかけ、崎谷の顔にあたらないようにする。

「風俗で働いておけばよかったなあって……男の人をメロメロにさせるテクニックがあれば、よかったのにって……」

「ないのか？」

うなずいた。

「丸腰なのかよ？」

もう一度うなずく。

「ならなぜ、強引に誘った？」

「したかったから……」

上体を被せてきた。湯上がりのカンナの素肌は、ぬくもりが感じられた。胸に押しつけられている乳房は柔らかく、けれども淫らなほどに硬い箇所が二箇所あった。

「わがままな女だ……」

「そうですね……」

カンナはそっと唇を重ねてきた。ただ重ねただけだった。しばらくすると離し、見つめてきた。何度か繰り返すうちに、瞳が潤んできた。

舌が差しだされた。ヌルリと口の中に入ってきた。崎谷が口を開くと、舌をねっとりとからめてきた。

それから、首筋にキスをされた。胸、脇腹、腹部……情熱的にキスの雨を降らせながら、後退っていった。

やがて、崎谷の両脚の間に陣取ったカンナは、四つん這いになって股間に顔を近づけてきた。イチモツはまだ、硬くなっていなかった。そうならないよう、集中力を散漫にしていたところもある。

あれだけ拒んでおきながら、いきなり勃起してしまったらみっともない——いっそのこと、勃たなくてもいいと思っていたくらいだ。

カンナが口に含んできた。口の中で舌を動かした。味わうような動きだった。萎えたペニスをしゃぶられた経験が、崎谷にはなかった。女の口の中でむくむくとイチモツを勃てていくのは、ちょっと不思議な気分だった。

カンナのフェラチオはやさしかった。安価なピンサロ嬢のように、ヘッドバンギングよろしく頭を振りたて、激しく唇をスライドさせたりしなかった。

根元からカリのくびれにかけて、ゆっくりとしゃぶりあげてきた。軽やかにはずむ鼻息が、妙にセクシーだった。顔を伏せているので、表情はうかがえなかった。唇の裏側のつるつるした感触だけが、カリのくびれに生々しく伝わってきた。

彼女の右手は、男根の根元にからみついていて、時折、玉袋をあやしてきた。左手を、自分の股間に伸ばしていった。まさぐりだしたようだった。しばらくすると、猫がミルクを舐めるような音が聞こえてきた。

崎谷がなにもしないと宣言したので、カンナは自分の性感を自分で刺激しているのだった。いやらしい女だと、軽蔑の感情が浮かんできた。そういう所作は普通、よほど関係の深い相手としかしないのではないか。

なぜそうまでしてセックスがしたいのか——理解できなかった。女の性欲は、時に男のそれをはるかに凌駕するという説がある。であるならば、これは単なる、生理的な現象なのか。尿意を我慢できなくなって立ち小便をするように、彼女は欲望を処理しようとしているだけなのか。

カンナが口唇から男根を抜いた。前髪に隠れて眼は見えなかったが、口のまわりは唾液で盛大に濡れ光っていた。

うつむいたまま、顔を近づけてきた。四つん這いの体勢で、崎谷の上にまたがるような格好になった。

キスをされた。いまのいままで自分のものをしゃぶっていた口だった。嫌な気分にはならなかった。フェラチオが予想以上に気持ちよかったからだろうか。

「このまま入れますね……」

カンナの眼は、まだ前髪に隠れていた。

「ピル飲んでいるから、中で出して大丈夫です」

なぜ飲んでいるのか、崎谷は訊ねなかった。セックスをより生々しく楽しむため、あるいは不特定多数と交わることを前提にしている女だけが、それを服用しているわけではない。

生理不順や生理痛を軽減するために、飲んでいる女もいる。

そんなことより、先の展開が気になった。カンナは腰をあげて男根をつかみ、性器と性器の角度を合わせてきた。上体をこちらに被せ、前屈みになっていた。そのまま、腰を落としてきた。

フェラチオをしながら自分でいじっていた彼女の陰部は、よく濡れていた。久しぶりに感じる女性器とヌメリと、そこに導いていかれる快感に息を呑みながらも、崎谷はどこか冷めていた。これはカンナの自慰であり、それに付き合っているという感覚が、どこかにあった。

「あっ……んんんっ……」

男根を根元まで咥えこんだカンナは、全身をこわばらせている。乱れた前髪の向こうで、紅潮した顔が歪んでいた。結合の衝撃を嚙みしめているようだった。下から抱きしめてやりたい気がしたが、我慢した。

カンナが動きだした。くぐもった声をもらしながら、男の上で四つん這いになった体を前後に動かし、性器と性器をこすりあわせてきた。

男根にも、峻烈な快感が訪れた。ヌメヌメした肉ひだの感触は、たしかに手淫では味わえないものだった。だが、それ以外になにが違う、とも思う。

上に乗っているカンナは、次第に動きを速め、息も激しくはずませはじめた。汗もかいていた。胸に押しつけられている乳房がヌルヌルとすべった。抱きしめればきっと、淫らなほどの火照りを感じることができただろう。

必死になっている彼女はどこか滑稽で、喜悦に歪んだ悲鳴をあげはじめると、それに拍車がかかった。

「あううっ……はぁうううっ……」

あえぐ姿は獣じみていた。獣には逃れられない盛りの期間があるが、人間にはない。はっきり言って、みっともなかった。隠しておけばいいのに、と思った。ひとりでこっそり自慰をしていれば、こんな姿を他人に見せなくてすむのに……。

カンナが前髪をかきあげて見つめてきた。その顔もまた、隠しておくべき浅ましさにまみれていた。眉根を寄せ、潤んだ眼を細め、半開きの唇でハアハアと息をはずませている。眼の下の紅潮もいやらしいが、小鼻が赤くなっているのはもっと卑猥だった。こんな顔を見られて平気な気持ちがわからなかった。

それでも、崎谷は視線をはずせなかった。正視に堪えないにもかかわらず、あえぐカンナの表情には、男の本能を揺さぶるなにかがあった。まばたきも忘れて、見つめてしまった。カンナも歪んだ顔で見つめてくる。視線と視線をからめあわせていると、次第に彼女の昂ぶりが伝播してきた。

カンナがみっともないくらいよがっているのは、他ならぬ自分の男根を咥えこんでいるからだった。なにもしていなくても、崎谷は当事者だった。ブリーフを脱がされても下を向いていたイチモツなのに、いまは自分でも頼もしく思えるほど隆起している。はちきれんばかりに硬くなって、カンナを深々と貫いている。

愛撫がしたかった。動揺を誘うような激しさで、衝動がこみあげてきた。カンナを抱きしめたかった。両手で尻をつかみたかった。柔らかい乳房を揉みくちゃにし、その先端を吸いたかった。

歯を食いしばってこらえた。場末のホステスにまんまと手のひらの上で踊らされるのは、プライドが許さなかった。

一方のカンナは、プライドなどという言葉とは無縁に、ボルテージをあげていった。上体を起こした。相撲の蹲踞（そんきょ）のように、両脚をM字に立てた。結合部を見せつけるような身も蓋もない格好で、股間をしゃくるように動かしてきた。

「あああっ、いいっ……いいいいいーっ！」

彼女はすべてをさらけだしていた。それだけは間違いなかった。崎谷の視線を意識して、さらけだしているのだった。つまり、ひとりこっそりと行なう自慰とは対極の行為に淫していた。

ずちゅっぐちゅっ、ずちゅっぐちゅっ、と性器と性器がこすれあう音が大きくなっていく。いやらしくなっていくばかりのカンナの腰の動きは、もはや彼女自身でも制御できないようだった。

なのに決して眼を閉じず、じっとこちらを見つめている。崎谷が視線をはずすのを許してくれない。

「いっ、いやっ……イッ、イクッ！」

ガクンッ、ガクンッ、と腰を震わせて、カンナは果てた。

その瞬間は、さすがに眼をつぶった。紅潮した顔をそむけ、眉間に深い縦皺を刻みながら、喜悦を噛みしめるように、ぎゅっと瞼を閉じた。眼を閉じたかわりに大きく口を開き、長く尾を引く悲鳴を放ってから、白い歯列を見せて歯を食いしばった。

ひとしきり裸身を痙攣させると、力尽きたように上体を被せてきた。重かった。あれだけ潑剌と躍動していた体が、ぐったりしていた。

「ごっ、ごめんなさいっ……大見得切ったのに……なにもできずに……自分だけ……」

ハアハアと息をはずませながら言った。

「自分だけイッちゃいました……」

気まずげな照れ笑いを浮かべているカンナと、息がかかる距離で見つめあった。

自分がどういう顔をしているのか、崎谷には想像もつかなかった。少なくとも、笑ってはいなかった。かといって、蔑んでもいなかった。自分に向かってすべてをさらけだしてきた女を、蔑むことなんてできるわけがなかった。

7

崎谷は結局、射精しないまま情事を終えた。

要因はいろいろ考えられる。メンタルな面もあるだろうし、女体への愛撫を自分に禁じていたせいもあるだろう。

だが、いちばんの要因はやはり、ずいぶんと長い間、手淫しかしてこなかったからではないか。自分の手で男根を握りしめる感覚と、女陰に包まれる感覚はかなり違う。自分の手はよくも悪くも力が入る。興奮すれば強く握りしめる。それに慣れると、女陰のデリケートな感触に反応できなくなる気がする。

結合をといても、男根はまだ勃起しつづけていた。カンナに興奮していた、なによりの証だった。いや、興奮とは少し違うかもしれない。たとえば十代のころ、コンビニでエロ本を立ち読みしていて勃起してしまい、トイレに駆けこんで自慰をするとか、そういう意味での衝動的な興奮があったわけではない。

もっと自然な営みだった。

勃起することも、結合することも、すべてをさらけだしたカンナを受けとめたことも、突発的に訪れた衝動に突き動かされたわけではなく、春になれば桜の花が咲くような、自然の摂理の中にあったような気がする。

カンナは隣で寝息をたてていた。

完璧な一日を成し遂げた女の寝顔は呆れるほど純粋無垢で、先ほどまで肉の悦びをむさぼっていた女と同一人物とは思えなかった。

その寝顔を眺め、寝息に耳を傾けていると、射精を遂げなかったにもかかわらず、崎谷はいままで経験したことがない充足感を覚えた。今夜は寝酒を飲まなくても、ぐっすり眠れそうだと思った。

カンナは迷い猫のように、崎谷の前に現れた。

自分勝手で図々しく、箸も使えない育ちの悪さで、おまけに性欲を我慢することもできない――ろくなものじゃないが、愛着を覚えてしまっている自分に気づく。一度セックスしたくらいで気持ちをもっていかれてしまうなんて、童貞を捨てたばかりの若造みたいじゃないか、ともうひとりの自分が笑う。

崎谷はカンナの髪をそっと撫でた。女らしい、細くて柔らかい髪をしていた。少し湿っているのは、洗髪してもドライヤーを使わない癖があるからか、それとも情事でかいた淫らな汗のせいか……。

甲本とふたりでキャバクラ嬢をレイプしたのが二十歳前だから、セックスから遠ざかって、もう十六、七年が経つ。人に話せば笑われるだろうが、誰にも話すつもりはないから、自分の欠落を素直に受けとめられた。むしろ、たった一度体を重ねただけの女に愛おしさを覚えていることに、新鮮な感動を覚えた。

しかし……。

そういう気持ちになっているなら、今後の行動に注意しなければならなかった。ただの迷い猫なら、餌もやるし、寝床も貸してやる。しかし、猫ではなく、人間の女となると話は別だ。女として意識しはじめてしまったのなら……。

明日、この宿を出ようと思った。

居心地がよかったのでもうしばらく滞在するつもりだったが、一度仕切り直したほうがいい。湯治はもう充分だから、ここではないどこかへ移動する。今日までとは違う空を見上げにいく。もちろん、ひとりで……。

カンナを見た。

気持ちよさそうに寝息をたてて眠っていた。吐息の甘酸っぱい匂いが、鼻先まで漂ってきて揺れる。

明日もここにいれば、またこの女と寝てしまいそうだった。下手をすれば、今度は自分から求めてしまうかもしれない。

うまくない展開だった。

たった一度寝ただけで気持ちをもっていかれそうになっている女と情事を重ねれば、愛着は深まっていくばかりだろう。離れられなくなってしまうかもしれないし、少なくとも別れがいまよりつらくなる。

名残惜しいけれど、カンナとは明日でお別れだ。

# 第二章　未練

## 1

空は雨模様だった。

結局、この宿に来てから一度も快晴になることはなかったが、梅雨時なので文句を言ってもしかたがない。

カンナは座椅子に座ってぼんやりしていた。放心状態、という感じだ。

目の前の座卓には、先ほどまで朝食の器が賑々（にぎにぎ）しく並べられていた。それを食べているときは、いままで通りの彼女だった。二本の箸を握りしめて卵かけごはんをかきこみ、ボロボロとこぼしては浴衣を汚していた。

食後、雰囲気が一変した。

崎谷が宿を出ることを告げたからだ。

「えっ……」

眼を見開いて驚いていた。

「わたし、もう二、三日、居候させてもらうつもりだったのに……」

彼女らしいと言えば、らしい発言だった。しかしそれは、カンナがただ単に、自分勝手で図々しい女だからではなかった。ゆうべの営みに、手応えを感じていたからに違いない。

手応えというか、男と女として一線を越えた。

半ば強引に誘われて始めたセックスだし、いささか中途半端に終わってしまったけれど、崎谷の中にも同じ思いがあった。昨日までとは関係が変わった。誘えばもう二、三日、彼女がここにいてくれるのではないかという思いもあった。

だからこそ、終わりにしなければならなかった。

宿の人間を部屋に呼び、チェックを頼んだ。二週間以上滞在したので、けっこうな額の勘定になった。部屋の金庫にしまってあった帯付きの札束を出し、現金で支払った。カンナが眼を丸くしていた。いったい一泊いくらなんですか？　と彼女の顔には書いてあった。

崎谷がカンナを連れて宿を出たのは、もう正午近かった。カンナがなかなか風呂から出てこなかったので、出発が遅くなったのだ。

カンナは湯上がりの体に、裾を何重にも折ったボーイフレンド・ジーンズを穿いた。黄色いシミつきのシャツはゆうべのうちにクリーニングに出してあったので、すっかり綺麗になって戻ってきていた。

険しい山道では崎谷がアクアのハンドルを握り、舗装した道路に出るとカンナと運転を代わった。こちらは免許不携帯——実際は本名が記載されたものが財布に入っているが、誰に提示を求められても応じるつもりはない。

カンナはシートに浅く座り、異様な前屈みでハンドルを握っていた。いかにも運転に不慣れな初心者めいたスタイルだったが、田舎道は信号も対向車も少ない。スピードさえ出しすぎなければ、事故を起こすことはないだろうと判断した。

二時間近く、カンナは運転に集中していた。強い雨が降りはじめたせいもあり、会話をする余裕もないようだった。湿気がこもってきた車内に、規則的に動くワイパーの音だけが鳴っていた。

ロードサイドにファミレスの看板などが現れ、町が近づいてくると、

「駅に向かってくれ」

崎谷は言った。

「K駅?」

「ああ」

崎谷はフロントガラスの向こうの景色をぼんやりと眺めていた。看板がちらほら見えるようになったくらいで、灰色の景色が華やぐことはなかった。

「このクルマ、K駅の近くで借りたんだろ？」

「そうですけど……」

「クルマは返しといてくれ。ガス代は現金で精算すればいい。あと、気に入ったなら、その服はやるよ」

「あのう……」

カンナは言いづらそうに口ごもりながらも、訊ねてきた。

「次の行き先は？」

「さあな」

「東京に戻る？」

「それはない」

「じゃあ、北海道とか……」

崎谷は黙して答えなかった。K駅は東北新幹線の停車駅だ。北上して北海道新幹線に乗り継げば、道南はすぐそこだった。他にも選択肢はある。在来線で東に向かえば太平洋沿岸に出るし、西に向かえば日本海……。

不意にカンナがハンドルを切り、路肩でクルマを停めた。コンビニもなにもないところだった。

「なんだよ？」

崎谷が眉をひそめると、

「本当に……これでお別れ？」

カンナは蚊の鳴くような声で言った。

「そうだな」

「淋しいんですけど」

「そう言われてもな……」

崎谷は鼻で笑った。笑うしかなかった。

「わたし今日、お店に出るつもりなんです」

「場末のスナックか？」

「場末って言わないでください」

「場末じゃないのか？」

「そりゃあ……東京に比べれば……」

「ホステスがスナックに出勤する。空き巣が留守宅に侵入するくらい、当たり前のことだ」

「飲みにきませんか？」

「んっ？」

「いろいろお礼がしたいし……高い旅館に泊めてもらって、おいしいごはんを食べさせてもらって……ゆうべは……エッチまで……」

カンナの頬が赤く染まったので、崎谷は鼻で笑っていられなくなった。

「東京から来た人には田舎くさい店かもしれませんけど、わたしも、なんていうか、ちゃんと綺麗にして出勤するし……」

「ドレスとか着たりするのか？」

「いちおう……」

それは少し見てみたい気がしたが、

「ダメだ。泊まるところがない」

「ありますよ！」

カンナが声を張りあげた。

「ここをまっすぐ行くとK駅で、右に曲がるとレンタカー屋さん、左に行ったらおっきなビジネスホテルがあるんですう」

唇を尖らせて言われても、崎谷はにわかに言葉を返せなかった。せっかく別れる決断をしたのに、ずるずる一緒にいる時間を長引かせていいとは思えなかった。

それでも……。

すがるようにこちらを見ているカンナを、冷たく突き放すことはできなかった。

後悔が胸を揺さぶる。

急遽用事ができたとか、一度東京に戻らなければならないとか、そういう嘘をついておくべきだった。理由もなく突き放したりしたら、なんだかこちらが悪いみたいではないか。

2

カンナに連れていかれたのは、全国チェーンのビジネスホテルだった。

看板に見覚えがあった。普通に生きている日本国民なら、誰だって見覚えがあるはずだ。日本全国どこであろうと無神経にでっかい看板を掲げ、その土地特有の雰囲気を台無しにしている、旅情なんて一ミリも感じさせないあれだ。

「やー、やっぱりベッドはいいですね」

カンナはふたつあるベッドのひとつに腰かけ、尻をはずませた。

「旅館の布団もふかふかで気持ちよかったですけど、わたしはやっぱりベッド派だなあ。寮のベッドはすごく硬くて、マットも薄くて、悪夢ばっかり見るんですけどね」

「まさかここに泊まる気じゃないだろうな？」

崎谷が言うと、

「えっ……」

カンナは尻をはずませるのをやめた。

「わたしのために、ツインルームをとってくれたんじゃないんですか？」

「こういう格安ビジホじゃ、ひとりでもツインなんだよ。シングルなんて、刑務所の独房みたいに狭いんだぜ」

「わたし、泊まっちゃダメなんですか？」

「家に帰れよ。近くだろ」

「帰りますよ。いまから帰って、お風呂入って、身繕いして、いちばんお気に入りのドレスを着て……」

「楽しみにしてる」

「崎谷さんのために綺麗にするんですからね！」

カンナの声が一瞬尖った。

「お持ち帰りしてくれても……いいと思うんですけど……ここに……このベッドに……」

すがるような眼を向けながら、仔猫を撫でるようにベッドを撫でる。

崎谷は太い息を吐きだした。

「わかったから、もう帰れ……」

靴から足を抜き、靴下も脱いだ。

「少し疲れた。夜まで寝るよ」

空いているほうのベッドに横になった。天井を向いて眼を閉じた。

「お持ち帰りは？」

カンナが物欲しげに言い、

「ドレス姿にそそられたら、考えてやってもいい。せいぜいめかしこむんだな」

眼を閉じたまま答えた。しばらくすると、カンナが部屋を出ていく気配がした。

崎谷は疲れていなかった。ただ、神経がひりついてしようがなかっただけだ。

素直になれない自分に、うんざりしていた。いったいなにをやっているかと、深い自己嫌悪にやりきれなくなる。

ビジネスホテルでツインルームを使うことにしているのは、嘘ではなかった。しかし、カンナが泊まることを想定していなかったような素振りは、まるっきりの嘘だ。この土地にもう一泊することを決めたときから、脳裏には彼女の裸身が去来し、その火照った素肌の感触を思いだして、欲望が疼きだすのをどうすることもできなかった。

セックスがしたかった。

掛け値なしに、これほど切実に女を抱きたいと思っているのは、生まれて初めてかもしれなかった。

ゆうべ射精をせずに眠ってしまったことが、ここへきてボディブローのように効いているのかもしれない。体のいちばん深いところで、欲望が熾火のようにくすぶっている。手淫でもいいから精を吐きだしておけば、これほど気分が落ち着かないことはなかったはずだ。

とはいえ、もう一度カンナを抱くとなると……。

その後に訪れる別れがなおいっそうつらくなるのは間違いなく、想像するだけで憂鬱な気分になってくる。

こちらに未練があるだけならともかく、カンナもこちらに懐いている。あの手この手で引きとめようとするに違いない。よくも悪くも、欲望に忠実な女だった。欲しいものは欲しいと子供のように駄々をこね、自分本位を隠そうともしない。

抱けばなおさら蟻地獄に嵌まるだろう。

かといって、抱かずにいることができるのか……。

崎谷は起きあがり、冷蔵庫を開けた。なにも入っていなかった。電源すらオンになっていない。

これだから格安ビジホは嫌なのだ――胸底で悪態をつきながら、部屋を出た。ビールが飲みたければ自動販売機のある階まで買いにいけというのが、この手のビジホのシステムなのである。

眼を覚ますと午後六時過ぎだった。

缶ビール二本を寝酒にして、三時間ほど眠っていた。体が浮腫んでいるような嫌な感じがした。熱いシャワーを浴びると、少しはマシになった。

カンナが勤めているスナックがオープンするのは、午後八時だと言っていた。まだちょっと時間が早いが、外に出ることにした。殺風景な部屋にひとりでいるのも退屈だったし、久しぶりに繁華街を流したい。

ミッドナイトブルーのスーツを、キャリーバッグから引っぱりだした。ネクタイまではしなかったが、襟高の白いワイシャツを着け、足元はジョンロブのストレートチップ。

場末のスナックに飲みにいくにはオーバースペックかもしれないけれど、どんな店かは行ってみないとわからない。どうせTシャツで行っても問題ない店だろうが、そうではない可能性もある。着飾ってくることを宣言しているカンナに、恥をかかせたくなかった。

雨はやんでいた。

それでも湿度が高く、スーツを着込んだのを後悔しそうになった。

新幹線の停車駅とはいえ、K駅を擁するK市は、全国的に名を知られている地方都市ではない。駅前も閑散としているし、名所旧跡があるわけでもなく、若者たちのデートスポットはロードサイドのファミレスかショッピングモール、みたいな無味乾燥の田舎町である。

にもかかわらず、駅から徒歩十分ほどのところにある繁華街は、意外なほど多くの店が軒を連ねていた。居酒屋、焼肉屋、バーなどはもちろん、キャバクラやスナックが十軒以上集まっている路地があった。雑居ビルの階上に入っている小さな店も入れると何十軒か。風俗の看板までは見当たらなかったが、ちょっとしたピンクゾーンだ。

町のサイズや人口と、繁華街の規模の釣りあいがとれていない気がした。観光客目当てにも見えない。ということは、地元の客が飲みにきているということになる。これだけの数の店が営業しているということは、よほど酒飲みばかりが住んでいるのか。パッと見には、まるで人など歩いていなかった。まだ時間が早いのか。

内心で首をかしげながら繁華街をひとまわりした。時刻は午後七時少し前。シラフでスナックに入るのも不粋なので、下地をつくっていくつもりだった。眼についた鮨屋の暖簾をくぐった。〈鮨処やえがし〉。まわりの店に比べ、年季の入った店構えだった。

「いらっしゃい！」

坊主頭にねじり鉢巻きの大将が威勢のいい声で迎えてくれたが、先客はいなかった。カウンター席だけが十ほどの小さな店なのに、やけにガランと感じられた。

「瓶ビールと……あとは適当に切ってください」

つまみに出てきたのは、貝のようなものだった。赤貝ですか？　と訊ねると、大将はニヤリと笑って首を横に振った。

「ほやですよ。ちょうど天然ものが旬でね」

美味だった。東京で生まれ育った崎谷には、ほやといえば見た目もグロテスクなら、きつい酢漬けのイメージしかなかったが、生なのだ。

東北の内陸部は、太平洋沿岸や日本海沿岸との流通ルートが発達しているのかもしれない。昨日まで滞在していた温泉宿でも、山の中にもかかわらず新鮮な刺身の舟盛りが出てきたし……。

崎谷はほやの味を絶賛し、一杯ご馳走させてほしいと申し出た。大将はほくほく顔で生ビールをジョッキに注ぎ、乾杯して飲んだ。

「このあたりに来たのは初めてなんですが……」

崎谷は訊ねた。

「ずいぶん繁華街の規模が大きいというか、店がたくさんあるんですね。びっくりしました」

「あー、それはね……」

大将は笑顔で教えてくれた。

「もう十五、六年も前の話になるかなあ。市をあげて大手自動車メーカーの子会社の工場を誘致したんですよ。でっかい工場ができて、雇用も増えたし、よそからも大勢人が流れこんできた。となると、遊び場が必要でしょ？　工員には若い独身男性も多いしね。うちなんかは爺さんの代からやってる店だけど、にわかに開店ラッシュですよ。キャバクラなんかも次々できて、夜の蝶がドレス姿でうろちょろしてるもんだから、通りも艶っぽい雰囲気になってね……」

大将は不意に苦い顔になると、生ビールをぐっと呷った。

「しかしまあ、不況の煽りだかなんだか知らねえけど、一昨年いきなりその工場のラインがストップしちまった。生産量が制限され、人員も整理されて、おかげでここいらは閑古鳥が鳴きっぱなし……」

「なるほど……」

「まったく、大手の企業っていうのは勝手なもんだよね。まだ首の皮一枚繋がってるけどさ。工場が完全閉鎖なんてことになったら、誘致に使った俺たちの税金、丸損だから。たまったもんじゃないよ」

大将は崎谷より少し年上に見えた。首の両側の僧帽筋がやけに盛りあがっていた。なにかスポーツをやっていたのかと訊ねると、近くにアマレスの強豪高校があり、そこでアマレスをやっていたと返ってきた。

「ってことは、強かった？」

「一度だけ国体に出場しましたけどね。自慢するほどの経歴じゃございません」

「自慢していいんじゃないかな」

「年はずいぶん上だけど、あの人もうちのOBなんですよ。プロレスの……」

大将が名前をあげたプロレスラーを、崎谷は知っていた。昔、深夜のテレビ中継でよく見かけた。若いころからいぶし銀のファイトスタイルで、関節技の鬼と呼ばれていた。

「テクニシャンなのに反則も辞さないところが、面白いレスラーだったたな。テロリストなんて呼ばれてね……」

「よくご存じで」

大将もプロレスが好きらしく、話がはずんだ。普通、競技としてのレスリング経験者はプロレスを毛嫌いするものだが、そういうところがなかった。往年の名レスラーの名前が出るたびに、少年のように眼を輝かせていた。

カウンターの中にはもうひとり、和服姿の女将がいた。眼のくりくりした愛嬌のある女将だったが、いい歳をしてプロレス話に夢中になっているふたりに、呆れた顔をしていた。

3

〈鮨処やえがし〉で、崎谷は三時間近く飲んでいた。

それほど長居をするつもりではなかったのだが、大将と話は合うし、つまみはうまいし、あとから出てきたぬる燗（かん）のつけ方も絶妙だったりして、酒がはかどってしまった。他の客が来なかったので、席を立つタイミングを逸していたとも言えるのだが……。

午後十時、カンナが働いているスナック〈ニューロマンス〉に移動した。〈鮨処やえがし〉のすぐ裏手にある、雑居ビルの一階だった。

ビル自体がかなり老朽化した建物だったので、期待もせずに扉を開けた。内装こそ古めかしいものの、意外なほど大箱だった。四人掛けのボックス席が軽く十席以上あり、七、八人は座れそうな円形のソファがフロアの中心に鎮座していた。

もっと意外だったのは、客が入っていたことだ。大盛況とまでは言えないものの、八割方の席が埋まっていた。スーツを着ている客は見当たらなかった。社名が胸に刺繍されている、作業服姿で飲んでいる者はいたが……。

席に通された崎谷は、カンナを指名した。やってきたのはカンナではなかった。年は五十オーバー、体重八〇キロはありそうな女が、ぴちぴちの赤いドレスを着て、三段腹を隠しもせずに横に座った。

すげえな、と胸底でつぶやいてしまった。

これならまだ、〈鮨処やえがし〉の女将のほうが、可愛げもあったし、色気もあった。彼女も四十路を越えているだろうが……。

女が隣に座る店で、指名した女がなかなかやってこないというのは、よくある話である。そんなことで腹を立てるほど野暮じゃないつもりだったが、飲むほどに崎谷は苛立ちを募らせていった。

隣の女は何度か入れ替わった。来る女、来る女、容赦ない場末のクオリティで、赤いドレスの三段腹と大差なかった。

カンナの姿は何度か見かけた。白いミニドレスを着て、フロアを横切っていった。忙しそうにしていた。指名が殺到している様子だった。まわりのホステスがホステスなので、人気の理由は考えるまでもなかった。

とはいえ、崎谷は招かれた身だった。カンナのほうからお礼がしたいから飲みにきてほしいと言われたのだ。

もちろん、額面通りに受けとったわけではないし、ご馳走してもらうことを期待していたわけでもないが、この放置プレイはいささかひどすぎるのではないだろうか。

時刻は午前零時になろうとしていた。隣に座る女がまた入れ替わったが、ドレスの色が変わっただけだった。漬かりすぎたたくあんみたいな熟女を相手に、二時間も飲んでいる計算になる。そろそろ我慢の限界だった。いったいどういう了見なのか、店の人間をツメてやりたくなった。

席を立った。カウンターの中にいるママらしき女は厚化粧が痛々しく、古稀をゆうに越えていそうだった。その隣にいるマスターらしき男もママと同年配で、カボスの搾りかすのような顔をしていた。

毒気を抜かれ、トイレに入った。冷水で顔を洗って席に戻った。途中、他の席で接客しているカンナと眼があった。一瞬だったが、ごめん、という表情をした。崎谷は大人げなく睨んでしまった。

カンナの着ているのはタイトフィットの白いミニドレスだった。太腿は半分以上出ているし、オフショルダーなので全体的に露出度が高い。

髪もキャバクラ嬢ふうに巻いて、ハーフアップにしていた。化粧にも隙がなく、笑顔に自信がうかがえた。上等な女に見えた。男物のシャツを着て、卵かけごはんをボロボロこぼしながら食べていた女と、同一人物とは思えなかった。

それだけに、なかなかこちらの席に来てくれないのがもどかしい。いっそのこと、もう帰ってしまいたかったが、帰ればカンナは怒る。あるいは悲しむ。店が終わった深夜、そんな彼女を相手にしなければならないのは他ならぬ自分自分だ。

崎谷から見える位置の席に、カンナが移動してきた。騒がしい声がした。若草色の作業服を着た男が三人、泥酔している席だった。一見して、調子に乗っていた。カンナはやんやと囃したてられながら男たちに挟まれた席に押しこまれ、水割りを一気飲みさせられた。

「一気っ！　一気っ！」

コールしながら、隣の男がカンナの太腿を撫でまわした。いまにもドレスの裾から手を突っこみそうな勢いだった。逆隣の男は、なんと胸を揉みしだいた。さりげなく触れたのではなく、堂々と……カンナは顔を真っ赤にして「やめて！　やめて！」と身をよじっている。

崎谷は席を立った。頭の血管がぶちぶちとキレる音が聞こえた。眼を据わらせて、カンナのいる席に近づいていく。

「おい」

声をかけた。男たちがこちらを見る。三人とも若かった。二十代半ばくらいか。生意気にガンをくれてくる。

「酒場のマナーを教えてやるから、表に出ろよ」

相手は三人でも、正体を失いそうなほど酔っていたから、なんとかなりそうだった。表に出たら、全員ぶちのめす。この場で吠えはじめたら、まずひとりの頭をビール瓶で割る。盛大に血が出るはずだから、残りのふたりはビビるだろう。それでも土下座しなかったら、地獄を見せてやるだけだ。

「なんだよ、あんた」

男のひとりが言った。口許に不敵な笑みを浮かべていた。

「なんだっていい。喧嘩売ってるんだよ。わかんねえのか、ボンクラ」

テーブルをひっくり返した。ガシャンと音がたち、キャーッと悲鳴があがった。店内が騒然となる中、崎谷は身を躍らせた。

ビール瓶が見当たらなかったので、床に転がっていたアイスペールをつかんだ。ガラス製だから、威力はビール瓶と変わらないだろう。いちばん手前にいる作業服の頭にロックオンし、アイスペールを振りあげた。

「やめてっ！」

ドンッ、とカンナが腰に抱きついてきた。香水の匂いがした。

「おっ、落ちついてっ！　ちょっとふざけてただけだから……ね、お願い……暴力はやめて。お願いだから……」

カンナに押され、崎谷は出入り口に向かった。外に出ると、カンナが泣きそうな顔で見つめてきた。生ぬるい外気にあたって、急に冷静になった。恥ずかしさがこみあげてきた。カンナの顔をまともに見られなくなった。

「悪かったな……」

財布を出し、中の札を全部抜いて渡した。十万以上あるはずだった。カンナに背中を向けて歩きだした。カンナは声をかけてこなかった。崎谷も振り返らずに歩きつづけた。口の中に苦いものがひろがっていく。

若き日の崎谷は、人を痛めつけることにためらいがなかった。

もともと癇癪もちで、子どものころから手のつけられない暴れん坊だった。親にも教師にも早々に見切りをつけられた。

やくざになったのも、暴力がやくざのアイデンティティだからだ。

金儲けにばかり走り、組同士の抗争などもほとんどなくなってしまった現代やくざではあるが、その本質はやはり、暴力にあると言っていい。暴力装置としての恐怖を一般市民に与えているからこそ、その地位を守っていける。

部屋住み生活を終えた二十歳のころ、崎谷と甲本は街で暴れまわっていた。毎日のように喧嘩沙汰があった。狙われていたこともあるが、基本的には自分たちから寝る間も惜しんでそれを追い求めていた。

やくざとはいえ、闇雲に暴れていると長生きできない。

組と組とのトラブルの火種をつくったりすれば、自分たちが粛清される。相手が組織の人間でなくても、ケツもちがいれば結果的にそうなる。当時は、風俗関係はもちろん、水商売でもケツもちがついていない店のほうが少なかった。

その一方で、ちょうどやくざ組織と縁をもたない不良——いわゆる半グレが台頭してきた時期でもあった。

崎谷と甲本はそういう連中をターゲットにした。シマ内で勝手にドラッグをさばいたり、風俗嬢やキャバ嬢の引き抜きをしたりすれば、問答無用で身柄をさらった。

崎谷と甲本は「半グレ狩り」と称していた。組にはなにも言われなかった。むしろ、暗に奨励されていた。素人がやくざの真似をして金を稼ぐなんてとんでもない、と当時の極道は誰もが思っていたからだ。

血気盛んで、エネルギーがありあまっているころだった。当時から、やくざには金儲けの才能が必要だということはわかっていた。しかし、自分にはそれがないという自覚が、崎谷にはあった。甲本もそうだった。

となると、組に認めてもらうには、暴れまわるしかなかった。やくざの金儲けには、その裏側にぴったりと暴力が貼りついている。そちら側の担い手になればいいと、未熟な頭で考えた。

やくざと半グレといっても、相手は年上が多かったので罪悪感はなかった。レイプが嫌いな崎谷は、弱い者いじめもまた、好むところではなかった。

「喧嘩っていうのはさあ、強い相手に挑んでいくから燃えるんだよな」

甲本がよく言っていた。崎谷も同感だった。

弱い者いじめをまったくしなかった、とは言わない。同級生にマリファナを売りさばいている大学生をさらってシメるようなことも、行きがかり上よくやっていた。喧嘩というより仕事だ。そういう輩（やから）をのさばらせておくと、組の立場がなくなる。二度と悪さができないように、トラウマになるほどの恐怖を植えつけてやらなければならない。

しかしそういう仕事より、五人、十人の集団に甲本とふたりでカチ込んでいくほうがはるかにエキサイティングだった。

一度、半グレがアジトにしていたバーに乱入したことがある。マリファナどころか、コカインの売人まで出入りしている店だった。

金属バットを振りまわして、眼につくものすべてを破壊した。怒号と悲鳴が飛びかう中、中心人物三人を気絶するまで殴り倒した。殺したらまずいことになるが、殺す一歩手前までやった。他にも七、八人は病院送りにしたはずだ。血湧き肉躍った。相手を次々と倒していくと、生きている実感を得ることができた。

祭りのようなものだった。負けたことは一度もなかった。たとえ骨を砕かれ、肉を裂かれても、絶対に負けを認めず、後日寝込みを襲って土下座させた。やくざの看板を背負っている以上、イモを引いたらおしまいだからだ。

遠い昔の話である。

時代の流れにそぐわないとやくざを敬遠していた半グレたちも、いつしか水面下で組と手を組むようになっていった。連中は金儲けに長けていたから、組にとっても悪い話ではなかった。

半グレ狩りは封印された。

あのころは楽しかった――と言うつもりはない。

暴力は、振るっているときはいい。アドレナリンが出ているから、野獣にでもなんにでもなれる。

ただ、やりすぎると心に風穴が開く。それを埋めようと、新たな修羅場を求めてさまよう亡者となる。他者を痛めつけることで、生きている実感を得ようとする。それでも、心の風穴が埋まることはない。気持ちがどんどん荒んでいき、刹那的になっていくだけだ。

半グレ狩りが封印されて以来、崎谷と甲本は喧嘩沙汰を避けて歩くようになった。半グレがもってくる儲け話に組が乗ってしまい、シラけてしまったと言えば、シラけてしまったのだろう。

それでも、暴力そのものが生活から切り離されたわけではなかった。金儲けが苦手な崎谷と甲本は、もっともやくざらしいと言えばやくざらしい、汚れ仕事を押しつけられるようになっていく。

## 4

ノックの音が聞こえた。

崎谷は照明を消したホテルの部屋で、ベッドに寝転んでいた。心の風穴に冷たい風が吹きつづけ、眼をつぶっていても眠れなかった。寝酒さえ、飲む気になれなかった。

いったいなにをやっているのだろう？

昔の血が騒いだのだろうか？

毎日のように暴れていた、あのころが懐かしいのか？

こんなところでトラブルを起こしたら、自分の首を絞めるだけなのに……。

また、ノックの音がした。

しかたなく起きあがり、扉を開けた。白いミニドレスを着たカンナが立っていた。困った顔をしていた。上目遣いを一瞬向けてきたが、すぐにうつむいた。

崎谷は彼女に背を向け、もう一度ベッドに寝転んだ。

カンナは部屋に入ってくると、崎谷の近くに腰をおろした。

「場末のスナックだから……」

自虐に乾いた声で、カンナは言った。

「ああいうことも、よくあるんですよ……今日のはまだマシなほう。強引にキスされたり、パンツに手を突っこまれたこともあるし……もちろん、必死に抵抗して、トイレに逃げこんだりするんですけど……誰も助けてくれない……崎谷さんだけよ、わたしのこと助けてくれたの……」

「……おさわりＯＫの店なのか？」

「まさか。違います……そうじゃないけど……このあたり、飲み屋さんは多くても、風俗はないから……男の人はみんな溜まってるんじゃないかな？」

「溜まってたらなにしても許されるのか？」

「怒んないでくださいよぉ……」

背中を揺すられた。

「わたし、嬉しいって言ってるんだから……助けてもらって嬉しいって……ううん、嫉妬してもらって……胸がキュンって……」

「嫉妬？」

崎谷は振り返った。

「俺があの連中に嫉妬したのか？」

「違うの？」

「違うね」

背中を向けた。

「俺は躾が悪い馬鹿を見ると、我慢ならなくなる性分なんだよ。世直しの一環だな、言ってみれば」

「……意地悪」

ポツンとつぶやくと、それきりカンナは黙りこんだ。崎谷も黙っていた。ずいぶんと長い間、重苦しい沈黙がふたりの間で揺れていた。

崎谷は根負けして振り返った。カンナはいまにも泣きだしそうな顔で、こちらを見ていた。

「ごめんなさい」

「なぜ謝る？」

「台無しですよ。せっかくいちばんいいドレス着てきたのに」

「……エロすぎるんじゃないか？」

「えっ？」

「露出が多いし、体のラインもはっきりわかる……」

「そうかな……でも、エロすぎるって……せめてセクシーとか……」

崎谷は体を起こし、ベッドから降りた。カンナの手を引いて、出入り口の方に向かった。

この部屋には、独立した洗面所がない。トイレ付きのユニットバスの中に、簡易的な洗面台と小さな鏡があるだけだ。

しかし、出入り口の扉の横には、大きな姿見がある。クローゼットのスライドドアが、全面鏡になっている。お出かけ前に身だしなみのチェックをしてください、ということだろう。

崎谷は照明をつけた。姿見の上にダウンライトが設置されていた。

「なっ、なに？」

訝しげな顔をしているカンナの後ろに、崎谷は立った。カンナの前は姿見である。全身が映っている。白いハイヒールを履いたままだから、いつもより背が高い。

「わざわざ鏡に映して見なくても……いいと……思うんだけど……」

カンナが口ごもる。崎谷が鏡に映った彼女に、熱い視線を向けていたからだ。髪型が新鮮だった。キャバクラ嬢ふうに、髪を巻いてハーフアップにしている。こうしてみると、肌の色もずいぶん白い。雪国生まれの面目躍如か。

抱きしめたい、という衝動がこみあげてくる。抱きしめるかわりに、視線にいっそう熱をこめる。

胸のふくらみも、腰の細さも、女らしかった。カンナはまだ若い。ボディラインに成熟したメリハリがあるわけではないが、それでも艶めかしくさえ見える。眺めるほどに、女らしさが匂いたつ。

「けっこう、お似合いのツーショットじゃないですかね？」

カンナが鏡を指差し、テヘッと笑う。崎谷は笑わなかった。言葉も返さない。カンナはシュンとしたが、彼女は悪くない。

崎谷は上着も脱がずにベッドに横になっていた。ミッドナイトブルーのスーツが皺くちゃだった。まったく情けない。これでは、白いドレスでめかしこんでいるカンナと釣りあいがとれないではないか。

「不思議ですね……」

カンナが眼を細め、ささやくように言った。

「お店で触られてもなにも感じなかったのに、崎谷さんには見られてるだけでどうにかなりそう」

崎谷は鏡に手を伸ばし、そこに映ったカンナの胸をなぞった。手汗をかいているらしく、指をすべらせるとキュッと音がした。

「ここを……触られていた……」

「ここも……」

太腿に手指を移動させていく。肉づきのいいラインをなぞる。もう一度、胸に戻す。乳首の位置に指を立てる。顔の輪郭もなぞる。小顔で、眼が大きく、唇が妙に赤い。まるでサクランボみたいだ。

そりゃあ、わたしは美人じゃないし、あんまり可愛くもないし——カンナはたしか、そんなことを言っていた。謙遜するタイプには見えないから、自己評価が低いのかもしれない。

髪やメイクをきちんとしていると、それなりに美人だし、可愛かった。とびきりとまでは言わないが、そこがまた魅力となっている。隙があって、親しみやすい。セーラー服を着ていたころは、どんな美人も押しのけて、クラスでいちばんモテていたのではないだろうか。

「あっ、あのう……」

カンナが振り返った。切羽つまった顔をしている。

「わたし、したくなってきちゃいました……」

言わせてしまった、と崎谷は胸底でつぶやいた。自分はなんてずるい男なのだろうと思った。こんなにもセックスがしたいのに、自分から誘うこともできない。

「ねえ、したくなってきちゃいました……」

眼尻をさげ、両手で股間を押さえて足踏みする。

「トイレならそこだぜ」

崎谷は顎で指した。姿見のすぐ隣がユニットバスの扉になっている。

「意地悪言わないでくださいよぉ……」

「そんな小便を我慢してるみたいなジェスチャーで、誘惑できた男なんているのか？」

「したことないからわかりません」

「なぜ俺にはする？」

「だってぇ……」

カンナはますます眼尻をさげて言った。

「いまさらいい女ぶっても無理じゃないですか……ブラとパンツだけで部屋に迷いこむわ……どうにか寝技にもちこめたのに、自分ばっかりイッちゃうわ……」

「飯はボロボロこぼすしな」

視線と視線がぶつかった。カンナはいまにも泣きだしそうな顔になり、崎谷は少し笑った。

5

崎谷はブリーフだけを体に残して、ベッドにあお向けになった。

カンナも白いドレスを脱ぎ、ショーツ一枚でベッドにあがってきた。ショーツも白だった。サイドがレースで、フロント部分には色とりどりの花の刺繍がある。ドレスに合わせただけなのか、それとも単なる好みなのか。前に見たときも、白い下着だった。

「きっ、緊張する……昨日より緊張する……」

カンナは眼を泳がせながら、崎谷の上にまたがってきた。眼と鼻の先で、丸々と実った乳房が弾力を誇るように揺れる。

「なぜ緊張する？」

「手の内バレてるじゃないですか」

気まずげに笑った。

「……よかったぜ」

「えっ？」

カンナがにわかに眼を輝かせ身を乗りだしてきた。

「いまのは、そのう……褒め言葉？　あっ、やっぱりいいです……詳細を聞くのが怖い……これはわたしがしたいからしてることですから……性欲我慢できなくて、付き合ってもらってるだけですから……」

「そんなにしたいのか？」

「誰とでもではないですからね」

カンナは崎谷の乳首に唇を押しつけ、チュッと吸った。

「わたし、絶対ビッチだって思われてますよね？　でも……」

ねろっ、ねろっ、と乳首を舐め転がす。

「信じてくれなくてもいいですけど……わたし……ビッチじゃない……」

乳首を舐め、吸い、さらに甘嚙みまでして刺激してくる。両手も動きだしている。爪を立てたフェザータッチで、さわさわ、さわさわ、と胸や脇腹を刺激してくる。

崎谷は息を吸い、ゆっくりと吐きだした。

こんなふうに一方的にソフトな愛撫を受けていると、睡魔に襲われるような心地よさが押し寄せてくる。瞼が重くなり、視界がぼんやりと輪郭を失っていく。

だが、眠りに落ちることはない。まるでこちらの心を見透かしたように、カンナが眼の覚めるような刺激を与えてくるからだ。

股間と股間をこすりあわせてきた。お互いまだ下着を着けているので、性器が直接触れあうことはない。それでも、ショーツに包まれている柔らかい肉が熱く湿っているのが伝わってくる。崎谷のイチモツも、窮屈なブリーフの中で隆起していく。

セックスがしたかった。

昼間から、それに対する激しい渇きを覚えていた。

だが、いざ始まってしまうと、どこか冷めている自分に気づく。

カンナが後退っていき、ブリーフを脱がしてきた。勃起した男根に指をからませ、唾液のしたたる舌で舐めはじめる。亀頭を咥えこみ、唇をスライドさせる。決して焦らない、じっくりと味わうようなフェラチオだ。

崎谷は身をよじった。うめき声までもらしそうだった。生温かい舌と唇の感触が男根の芯まで響いてきたが、それでも冷めた気分は払拭できない。性器を舐められていることが、ひどく滑稽なことのように思われてならない。もちろん、舐めているカンナも滑稽だった。そんなことをしてなにが面白い？　と訊ねてみたくなる。

しかし、音をたててしゃぶりあげられれば、冷めてばかりもいられなかった。唇の吸引力と自在に動きまわる舌の刺激に、男根は硬くなっていくばかり——思考は次第に、欲望の深い闇に溶けだしていく。

カンナはフェラチオをしながら、自分のショーツに手指を忍びこませていった。気の毒なことだ。相手の男がマグロだから、彼女は自分で挿入の準備を整えなければならない。男根をスムーズに迎え入れるために、陰部を潤す必要がある。

「すごい濡れてます……」

カンナは恥ずかしそうに、けれどもどこか誇らしげにささやいてきた。

「白状しますね。さっき鏡の前でドレス姿を見られたとき……崎谷さん、ずっと黙ってわたしの体を見てたでしょ？　あのとき、ものすごく興奮したんです。疼いて疼いて、立っていられないって感じで……」

ショーツを脱ぎ捨て、崎谷の腰にまたがってきた。男根をつかみ、角度を合わせて、前屈みに上体を倒してくる。化粧の匂いがする顔が、息のかかる距離まで近づく。

「ワンパターンですみません……」

カンナは言い、腰を落としはじめた。息をとめていた。きりきりと眉根を寄せ、紅潮しはじめた頬をひきつらせる。

「んんんっ……」

男根を根元まで咥えこむと、ぶるっ、と身震いしてから、動きはじめた。

最初はゆっくりだった。次第にピッチがあがってくる。一分もしないうちに、必死に腰を振りはじめた。薄闇の中でもはっきりとわかるほど生々しいピンク色に顔を染め、そこに光る汗を浮かべて……。

「あああああっ……」

ぶるるっ、ぶるるっ、と身震いしては、股間をこすりつけるようにして前後に動かす。性器と性器をこすりあわせる。ずちゅっ、ぐちゅっ、と肉ずれ音がたてば、それを羞じらう。それでも腰の動きはとまらない。半開きの唇から絶え間なく歪んだ声をもらして、淫らなまでに動きつづける。

「ああっ、いいいいっ……」

カンナが喉を突きだすと、崎谷の眼と鼻の先で乳房が揺れた。先端が妙に赤かった。鮮やかな色をしていた。

野いちごのようだな、と思った。触れてみたかった。衝動をこらえきるには、崎谷は肉の悦びに溺れすぎていた。カンナが必死に動くほどに、勃起しきった男根はヌメヌメした肉ひだにこすりたてられ、痺れるような、それでいて蕩けるような、得も言われぬ快感を与えてくれる。

「あんっ!」

カンナがビクッとした。崎谷の指が、乳首に触れたからだった。カンナは驚愕に眼を見開いて、こちらを見ていた。左右の乳首をくすぐるようにいじりまわしてやると、ぎゅっと眼をつぶって激しく身をよじった。

「ダッ、ダメッ……それダメですっ……乳首弱いんですっ……入れてるときにいじられると、すぐイッちゃうんですっ……」

ならば、とふたつの胸のふくらみを、両手で下からすくいあげた。見た目はプリンスメロンだが、触り心地は剝き卵だった。素肌がびっくりするほどつるつるしていた。指を食いこませて揉みしだけば、若々しい弾力が指に跳ね返ってきた。

「あああっ……」

カンナが絞りだすような声をもらす。

崎谷はふたつの乳房を揉みくちゃにした。いくら強く指を食いこませても丸みを失わない、ゴム鞠のような乳房だった。カンナも強く揉まれると感じるようで、腰の動きに変化があった。ただ股間を前後に揺するだけではなく、もっと複雑に動きだした。尻を前後左右に振りまわすような感じだ。

動揺を誘うほどの、新鮮な快感が押し寄せてきた。

セックスというものは男根で女陰を貫くものだと、崎谷は思っていた。恥ずかしい格好に押さえつけた女を串刺しにするようなイメージで、したたかに股間を穿つ——そういう感じじゃなかった。

凹と凸がどこまでも自然に嚙みあい、快楽の熱気によって溶けあって、ひとつになっていくような……。

ともすれば、女陰が自分の体の一部になったような感覚さえあった。そんなはずはないのに、女陰の快感を自分の快感として受けとめられる気がした。

そんな経験はいままでなかった。

カンナも同じなのだろうか。この感覚は彼女にもあるのか。ただ女の悦びにあえいでいるだけではなく、男根を自分のもののように感じてくれているのか。

感じていてほしい——願望が胸を揺さぶる。

「ああっ、いいっ……すごいっ……すごいようううっ……」

ハアハアと息をはずませながら、カンナは夢中になって腰を動かしている。顔はおろか、耳や首筋まで紅潮している。胸元に汗が光る。

「こっ、こんなの初めてっ……ねえ、崎谷さんっ……わっ、わたしっ……こんなの初めてですっ……」

ぎりぎりまで細めた眼で、見つめてくる。黒い瞳が溺れそうなほど潤んでいる。まばたきをすると、涙が頬を伝って流れ落ちていく。

喜悦の涙だった。

カンナは感極まって泣きだした。

それでも、腰の動きはますます複雑に、あるいは卑猥になっていくばかりだった。いやらしいほど前後左右に尻を振りまわしては、喜悦に歪んだ悲鳴を放つ。獣じみた声を振りまきながら、切羽つまった顔で見つめてくる。

崎谷も、もはや冷静さなどかなぐり捨てていた。

下半身のいちばん深いところで、疼くものがあった。

射精の前兆に違いなかった。長年にわたる手淫の習慣で感度が鈍くなっていた男根が、ようやく女陰の感触に慣れてきたらしい。ヌメヌメした肉ひだの渦との結合感を、味わえるようになってきた。

出したかった。

思いきりぶちまけたかった。

だが、ここは男として、忍耐力を発揮しなければならないところだった。射精の前にひとつ、やり残したことがある。

「ダッ、ダメですっ……ダメですってっ……」

左の乳首を指でつまむと、カンナは焦った声をあげた。崎谷はかまわず、右の乳首を口に含んだ。

「すぐイクッて言ったじゃないですかっ……それやったらイッちゃいますよっ……わたし、イッ、イッちゃいますよっ……」

カンナは言いながら、ガクガクと腰を震わせた。男根を包みこんでいる肉穴が、にわかに締まりを増した。内側の肉ひだ一枚一枚が、意志をもった生き物のようにざわめき、からみついて、驚くほどの吸着力を発揮した。

まるで、男の精を吸いだそうとしているかのようだった。崎谷は顔の中心が熱く燃えあがっていくのを感じた。

「……イッ、イクッ！」

ビクンッ、とカンナが腰を跳ねあげると、崎谷は欲望を解き放った。もうこらえる必要はなかった。カンナが腰を跳ねあげるタイミングに合わせて、腰を反らせた。

下半身で爆発が起こった。ドクンッ、と音がしそうな勢いで、煮えたぎるように熱い粘液が尿道を駆け抜けていった。ドクンッ、ドクンッ、ドクンッと畳みかけるように射精した。

「ああああーっ！」

カンナが甲高い悲鳴をあげる。

「ビクビクしてますっ……オチンチン、ビクビクしてますううーっ！」

叫びながら、股間をこすりつけてくる。しがみついて身をよじってくる。応えるように、崎谷もカンナの背中に両手をまわした。釣りあげられたばかりの魚のように跳ねているカンナを、骨が軋むほど強く抱きしめた。

「あああああーっ！」

腕の中で、カンナが背中を反らせる。

「ああっ、熱いっ……熱いの出してっ……いっぱい出してえええっ……」

「おおおっ……おおおおっ……」

野太い声をもらしながら、崎谷は射精を続けた。カンナがしきりに股間をこすりつけてくるので、長々と続いた。放出している、という実感はなかった。こちらから出しているというより、吸いとられている感じだった。精液だけの話ではない。

魂までも吸いとられていく――崎谷はそんな思いを嚙みしめながら、最後の一滴まで男の精をカンナの中に注ぎこんでいった。

## 6

その部屋のカーテンは薄く、外の明るさを遮ることができなかった。

朝になると部屋の中まで白々と明るくなり、求めあう男女にとって夜の闇がどれだけやさしかったのか、残酷なまでに思い知らされた。明るい中でお互いの体をむさぼりあうのは、野生動物の交尾にも似た、身も蓋もない肉弾戦だった。

セックスは続いていた。

もうどれくらい続けているのか、わからない状態だった。精も根もとっくに尽き果て、体を動かす力なんて残っていなかった。

それでも崎谷はカンナに挑みかかっていった。会心の射精の記憶が、じっとしていることを許してくれなかった。あと一回、もう一回だけ絞りだそうと、躍起になって腰を振りたてた。

「あああっ……はぁあああっ……はぁあああっ……」

喉が嗄れるほどあえいでいるカンナも、ほとんど息絶えだえだった。夜の蝶として綺麗に整えられていた髪はざんばらに乱れ、涙と汗で化粧も流れて、初めて会った日のように眼の下が真っ黒になっていた。

オルガスムスを、すでに十回以上嚙みしめているはずだった。

にもかかわらず、エロティックな声でよく泣いて、崎谷を奮い立たせる。イケばイクほど汗まみれの裸身は淫らに輝き、艶めかしい発情のオーラを放って、男心を揺さぶりたててくる。

立ちバックで繫がっていた。

カンナはベッドに両手をつき、尻を突きだしている。崎谷は彼女の細い腰をつかんで、一心不乱に男根の抜き差しを繰り返す。

パンパンッ、パンパンッ、と尻を鳴らす音が、部屋中に響き渡っていた。深夜から延々と続けているのに、飽きることがない。突けば突くほど足元からエネルギーがこみあげてきて、精も根も尽き果てていたはずの体を何度でも蘇らせる。

「ああああっ……あああんんんっ……」

カンナが振り返り、起こした上体をこちら側にひねる。あえぎすぎて閉じることができなくなった口で、ハアハアと息をはずませている。キスをしてほしいようだったので、崎谷は舌を差しだした。カンナもダラリと舌を伸ばし、お互いに顔の外側で音をたててからめあった。

「わっ、わたし、またっ……またイキそうっ……」

カンナが息をはずませながらささやいてくる。口のまわりが唾液にまみれ、顎から糸を引いて垂れているのに、拭うこともできない。

「おっ、おかしくなるよっ……これ以上イッたらおかしくなっちゃうっ……」

「じゃあ、やめるか？」

カンナは首を横に振った。

「やめないでっ……イッ、イカせてっ……イカせてくださいっ……おかしくなってもいいっ……メチャクチャにしてほしいっ……あああああーっ！」

崎谷の両手は、カンナのふたつの乳房を後ろからすくいあげていた。隆起は揉まずに、左右の乳首をつまみあげた。

腰は動かしつづけている。いやらしいほど硬くなっていた。ずんっ、ずんっ、と一打一打強く突きあげ、子宮まで亀頭を届かせる。

「ダッ、ダメッ……ダメだってっ……」

カンナは身をすくめ、ぶるぶるっ、ぶるぶるっ、と五体を震わせた。

「乳首いじったらすぐイッちゃうっ……イッちゃうってばっ……あああっ……はぁあああああーっ！」

ガクンッ、ガクンッ、と腰を上下させ、カンナは果てた。その寸前に肉穴がぎゅっと締まり、密着した性器を通じて彼女の体の痙攣が伝わってきた。

崎谷は唸った。カンナの体があまりに激しく痙攣するので、こちらの両脚までガクガクと震えだしてしまう。まるで喜悦が伝播したように……。

「とっ、とめてっ！　一回とめてっ！」

カンナが後ろに手を伸ばし、尻を叩いてくる。

「続けられると、またイッちゃうのっ！　続けてイクの、苦しいのっ！」

崎谷が腰の動きをストップさせると、

「ああああっ……」

カンナは空気が抜けるような声を出し、ベッドにうつ伏せに倒れこんだ。

その様子を見下ろしながら、崎谷は肩で息をした。結合がとけても、男根は隆々と反り返り、臍を叩く勢いで屹立（きつりつ）していた。

カンナの足首をつかんだ。体をあお向けに反転させた。大股開きの状態で、カンナの顔が見えた。ハアハアと息をはずませている。いまにも泣きだしそうに眼尻を垂らし、怯えたような上目遣いを向けてくる。

「もうやめるか？」

「やめない！」

怯えた眼つきをしているくせに、カンナはきっぱりと首を振った。

「わたしが始めたことだもの……崎谷さんが満足するまで……わたしからは、やめてなんて言えない……」

「そうか……」

崎谷はカンナの両脚をM字に押さえこむと、その中心に顔を近づけていった。恥丘を飾る陰毛は薄く、春の若草を彷彿とさせる。肌の白さを誇るように、色素沈着もほとんどない。見るからに清潔だったが、強い匂いがした。

カンナは絶え間なく発情の蜜を漏らしつづけていたし、崎谷は何度も中出しで放出している。入り混じった男女の体液の匂いが、熱気をともなってむっと押し寄せ、鼻腔を刺激した。

どこか懐かしい匂いだった。海の匂いに似ているかもしれない、と思った。女性器はもともと、磯の香りがする。男の精液もまた、「イカくさい」と言われることがあるから、それが混じりあって海の匂いになったのだろうか。

味わうように舌を這わせると、

「あううーっ！」

カンナは喉を突きだしてのけぞった。細い腰をガクガクと震わせた。男根を抜き差しされる刺激と、舌を這わせられる刺激は違うはずだった。このタイミングでクリトリスを舌先でつつきまわせば、新鮮な快楽が訪れるに違いない。

崎谷の目論見通りに、カンナはあえぎにあえいだ。アーモンドピンクの花びらの間から白濁した本気汁を漏らしつつ、ひいひいと喉を絞ってよがり泣いた。

可愛かった。

あられもない格好で愛撫を受けているにもかかわらず、カンナはなにも隠していなかった。肉体のパーツのことではない。そうではなく、魂をさらけだしていた。無防備にすべてを見せつけてきた。

なぜこうまで自分をさらけだせるのだろう？

その思いは、疑問ではなく感嘆となり、崎谷の胸を揺さぶってくる。女の特権なのかもしれない。自分にはできない。どれだけ肉体的な快感があろうとも、ここまで手放しでよがり泣くことは……。

その一方で、男にもまた、特権がある。カンナをよがらせていることが、嬉しくてしょうがない。すべてをさらけだしてくれていることに、喩(たと)えようのない満足感を覚える。

「イッ、イッちゃうっ……そんなにしたら、またイッちゃいますっ……」

カンナが焦った声をあげたので、崎谷はクンニリングスを中断した。ベッドにあがり、カンナの両脚の間に腰をすべりこませた。

「早く……早く……」

カンナが切実に、と同時に甘えた声で急かしてくる。

「早く入れて……オチンチンでイキたいの……崎谷さんのオチンチンで……一緒に……はっ、はぁああああーっ！」

濡れた花園に男根を埋めこんでいくと、カンナは弓なりに腰を反らせた。すかさず両手を伸ばし、崎谷の首にしがみついてきた。

雨音が聞こえてきた。

山間の温泉旅館では、雨音にさえも風情があったのに、新建材で建てられたビジネスホテルの部屋では、妙に安っぽく聞こえた。

雨が降っているせいで、時間の感覚がひどく曖昧だった。窓から陽の光が差しこんでくれば、その明るさや方角で、なんとなく時刻に見当がつく。窓の外がずっと灰色のままでは、朝も昼も夕方も区別がつかない。

崎谷はベッドの上にあお向けに横たわっていた。ぼんやりと天井を見上げていた。もう出ないかもしれないと限界を意識していたのに、結局は射精を遂げたので、呼吸が整っても体は動きそうになかった。完全に電池切れだ。

なのに神経だけが妙に昂ぶって、すんなり眠りに落ちることができそうもない。

完全にやりすぎだった。

こちらは嗅覚が馬鹿になっているのだろうが、ホテルのスタッフが入ってくれば、こもりにこもった男女の淫臭に鼻をつまむのではないだろうか。あとで窓を全開にして、換気しておいたほうがいいだろう。

カンナは隣にいた。胎児のように体を丸めて、崎谷の腕にしがみついていた。寝息は聞こえてこなかった。寝息もたてられないほど、ぐっすり眠っているのかもしれなかった。だが、急にもぞもぞと動きだして、こちらの顔をのぞきこんできた。

「……なんだ?」

崎谷は天井を見上げたまま言った。吐息が首筋にかかってくすぐったかった。

「顔を見てます……」

あえぎすぎて掠れた声で、カンナが言った。

「嘘つきの顔……嘘ばっかりの悪い人の顔……」

崎谷はカンナに顔を向けた。彼女の顔は、いまにもくっつきそうなところにあった。近すぎて眼の焦点が合わず、表情がうかがえない。

「セックスが苦手なんて、どの口が言ったのかしら？」

唇を指でなぞられ、崎谷は天井に視線を戻した。

「超絶うまいじゃないですか……びっくりしましたよ……愛撫はやさしいのに、腰使いは男らしくて……こんなに何度もイカされたの、わたし、初めてですよ……もう完全に骨抜き……イキ方も普通じゃなかった……頭がバーンってなって、体中の痙攣がいつまでもとまらなくて……」

「黙れ」

天井を見上げたまま言うと、

「えっ……」

カンナが不安げな声をもらした。

「露骨なこと言う女はモテないぞ」

「……誰に？」

「誰にでもだよ」

本当のことを言えば、別の台詞を口にしたかった。おまえが相手だから、こんなに夢中になったんだ——さすがに照れくさくて言えなかった。

崎谷のひと言で、カンナは意気消沈したようだった。しかし、すぐに気を取り直すと、身を翻して崎谷の上に馬乗りになってきた。

「元気だな」

苦笑がもれる。疲れすぎて、呆れた顔をつくるのも大変だ。

「本当に気持ちがいいセックスは、疲れるんじゃなくて元気が出るって、今日知りました」

得意げに言いつつも、カンナの眼の下は黒くなっていた。崩れた化粧はすでに、汗で流れていた。隈ができているのだ。

「俺はくたくただ……」

「もうちょっとだけ付き合って」

「もう無理だ。勘弁してくれ」

「そうじゃなくて……」

せつなげに眉根を寄せて見つめてくる。

「これから、露骨な台詞じゃなくて甘い台詞を言いますから、それを聞いてから眠ってください」

崎谷はぼんやりとカンナを見上げた。期待に胸をふくらませるほどの気力も、もう残っていなかった。

カンナは胸に手を置いて何度か深呼吸をしてから、崎谷に抱きついてきた。耳元に唇を近づけ、熱い吐息をもらしながらささやいた。

「こんなに気持ちよくされちゃうと、好きになっちゃいますよ。いいんですか？　わたし、崎谷さんのこと好きになってもいい？」

カンナが顔をあげる。視線と視線がぶつかりあう。

崎谷は言葉を返すかわりに、カンナを抱き寄せた。唇を重ね、舌をからめあいながら、いままで経験したことがないほどの、激しい胸の高鳴りを感じていた。

# 第三章　疑惑

## 1

午後五時過ぎに眼が覚めた。

下手をしたら深夜までこんこんと眠りつづけるかもしれないと思っていたので、枕元のデジタル時計を見たとき、崎谷は軽く拍子抜けした。それほど深い眠りには落ちなかったらしい。それでもいちおう、七時間は寝たことになる。いつもの睡眠時間とほぼ一緒だ。

眠りについたのは、午前九時五十分――正確な時間を覚えているのは、その時間にフロントから電話がかかってきたからだ。

「チェックアウト十分前になりますが、ご出発の準備は整いましたでしょうか？」

愛想のない係の女の声に、舌打ちしたくなった。直前までカンナとキスを交わしていた甘い雰囲気に、冷や水をかけられた気分だった。

とはいえ、文句を言うわけにもいかず、延泊を申し込んで電話を切った。また一日、この町での滞在が延びてしまったわけだが、出発の準備なんて整っているわけがなかった。

カンナの姿が見当たらなかった。

フロントからの電話のあと、寄り添って眠りについたはずなのに、隣にもいなかったし、もうひとつのベッドにもいない。ユニットバスを使っている気配もなかったので、自宅に帰ってしまったのか……。

書き置きの類いも見当たらなかったので、とりあえず、自分のことをやってしまおうと思った。

朦朧としている意識を蘇らせるため、時間をかけて丁寧に歯を磨き、熱いシャワーを浴びた。バスルームを出ると、部屋に備えつけられていたコーヒーを淹れた。インスタントではなくドリップパックだったので、香りが楽しめた。ゆっくり飲んでいると、扉がノックされた。

カンナだった。

黒いドレスに黒いハイヒール——香水の匂いがした。髪型もゆうべと同じ巻き髪のハーフアップに整えられ、メイクもしっかりしている。水商売仕様の濃いメイクだ。

「どうですか？」

不安げに眉をひそめて、くるりと一回転した。ダンサーのように軽やかにまわれず、ドタドタしているのがおかしい。

「もってるドレスの中で、これがいちばん、露出度低いんですけど……」

ゆうべのドレスをエロいと揶揄されたことを、根にもっているようだった。

いま着ている黒いドレスは、長袖のロング丈だった。しかし、胸元から肩、袖にかけてはシースルーの生地だし、下半身に眼を向ければ深いスリットが入っている。なにより生地がぴったりとフィットしすぎて、ボディラインがはっきりわかる。ゆうべのドレスも、それがエロさの元凶だったのだが……。

「まあ……昨日よりは……マシかね……」

実際は微妙なところだった。白いミニドレスは脚の露出が多かったぶん、溌剌として見えた。若さと元気を強調していると、言えなくもなかった。一方の黒いロングドレスは、色もデザインも大人っぽいから……。

「色っぽすぎる、と思ってますか？」

カンナが上目遣いで訊ねてきた。

「ホステスなんだから、色っぽさも必要だろ」

「崎谷さんのせいですからね」

「んっ？」

「わたし、鏡見てびっくりしましたから。いつもはこのドレス着ても、こんなにセクシーじゃないんですよ。他のドレスも同じ……ドレスのせいじゃなくて、わたしが色っぽいんです」

「なにが言いたい？」

「最後まで言わせたいんですか？」

睨まれた。

カンナはつまり、ゆうべの荒淫――正確には今朝の九時五十分までセックスしていたせいで、自分の色気が増したと主張したいらしい。あれだけ延々と発情しつづけていたら、色っぽくもなりますよ、と……。

「ところで……」

崎谷は咳払いをひとつしてから、ベッドに腰をおろした。

「なにしに来たんだ？　店は八時からだろ？」

「店が八時からだから、それまで好きな人と一緒に仲よくごはん食べようと思って来ました」

なんか文句ありますか、とばかりに胸を張る。

崎谷が眼をそらすと、

「これ、ありがとうございました……」

カンナがベッドに紙袋を置いた。服が入っていた。

「お借りしていたやつです。ちゃんと洗濯しましたから」

「洗濯？　よくそんな時間あったな」

「わたし、寝ないで帰りましたから。一時間くらい、崎谷さんの寝顔見てましたけど」

「大丈夫かよ」

寝不足だけではなく、夜通しのセックスでスタミナも消耗した。いくら若いとはいえ、疲労の度合いは深いと思うが……。

「全然大丈夫ですよー。体は元気いっぱいだし、頭の中も冴え渡ってますから。わたしの眼、血走ってませんか？　なんかもう、脳内麻薬とか出てる感じ」

「なんだそりゃ？」

「女は恋をすると脳内麻薬が出るんですぅ」

鼻に皺を寄せてイーッとやる。

崎谷は言葉を返せなかった。

たかが二回寝ただけで――そのうちの一回がひどく充実していたとしても、それを恋と呼んでしまえる彼女の気持ちがわからなかった。

なるほど、ゆうべのセックスは最高だった。崎谷にしても、掛け値なしにそう思う。とはいえ、たまたま性欲が高まったタイミングが一緒だったのかもしれないし、奇跡的に体の相性がよかっただけなのかもしれない。

それが恋？

大げさな……。

ぐうぅ、と音が鳴った。

崎谷とカンナは眼を見合わせた。カンナの腹が鳴ったのだった。なんとも言えない、白々とした空気が流れた。

「おまえは本当に……本能だけで生きている女だな」

崎谷が呆れた顔で言うと、カンナは悔しげに唇を嚙みしめた。

「だってぇ……今日なんにも食べてないし……最後に食べたのって、ゆうべお店に差し入れされたバウムクーヘンだけなんですよぉ……」

ぐうっ、ともう一度音がした。今度は崎谷の腹が鳴ったのだった。

気まずかった。今度はカンナが勝ち誇った笑顔を浮かべる番だった。

両手を後ろに組み、ミュージカル女優のように腰を折り曲げてステップを踏みながら、崎谷の顔をのぞきこんできた。

視線が合うと、笑ってしまった。

カンナも笑っている。子供の悪戯を見つけた母親のように……。

2

ミッドナイトブルーのスーツは皺くちゃになったままだった。

クリーニングに出すことにして、カンナが洗濯してきてくれた服を着た。白い綿のシャツにブルージーンズ。

ドレスを着た女の店に行く格好ではないと思ったが、キャリーバッグを転がして旅行している身である。残っている洗濯済みの服はもう、Tシャツやスウェットくらいしかない。襟がついているだけ上等だと自分に言い聞かせて、袖を通した。

ホテルを出ると、雨はあがっていた。それでも空は分厚い雲に覆われ、まだ午後六時前なのにひどく暗い。

崎谷とカンナは肩を並べて歩きだした。

「昨日行った鮨屋がうまかったんだけど、そこでいいか？」

「いいですよ、お鮨大好き！」

カンナが腕にしがみついてこようとしたので、崎谷は冷たく払った。

「ベタベタすんな」

「いいじゃないですかぁ……ちょっとくらい……」

カンナはいじけた顔をした。

「シャンとできないなら、コンビニで弁当買ってホテルの部屋で食う」

「お鮨がいいですよぉ……」

「じゃあシャンとしろ」

崎谷が一喝すると、カンナは歩速をゆるめた。むくれた顔で一メートルくらい距離を置き、あとについてくる。崎谷はかまわず進み、〈鮨処やえがし〉の暖簾をくぐった。

「いらっしゃいっ！」

大将が威勢のいい声で迎えてくれた。先客がいた。地元民らしい、年配の男のふたり連れだった。

崎谷はなんとなくホッとして、先客からいちばん遠い、カウンター席の端に腰をおろした。あとから店に入ってきたカンナが、そそくさと隣に陣取る。

大将が笑顔で前にやってきた。

「今日はどうしますか？」

一瞬、彼の眼が泳いだのを、崎谷は見逃さなかった。旅行者なのにホステス同伴——お盛んですね、とでも思われたらしい。

「瓶ビールとほや……あと、彼女に握ってあげて」

「ひと通りでいいかな？」

大将に訊ねられたカンナは、

「ウニ、ウニ……他のはいいからウニください」

身を乗りだして眼を輝かせた。

カウンターに座って、いきなりウニか——崎谷は胸底で苦笑した。部屋住み時代の記憶が、にわかに蘇ってきた。

いまのカンナより若く、二十歳になる前の話だ。

ある日、事務所に鮨桶が届けられた。五、六人前がひとつの大きな桶に並んでいた。界隈ではいちばん値が張ると有名な店のものだった。どういうことなのかと思った。親分も若頭も不在で、そのとき事務所にいたのは崎谷と甲本、そしてうるさ型の兄貴分ひとりだけだった。

「たまにはテメエらもうまいもん食いたいだろう？　ご馳走してやるよ」

崎谷は驚いて甲本と眼を見合わせた。その兄貴分は、部屋住み修業中の若僧に気を遣ってくれるタイプの人ではなかった。崎谷たちにとっては鬼軍曹のようなもので、徹底的にしごかれた。煙草の火のつけ方ひとつでも、気を抜いていると容赦なくヤキを入れられた。

「まあ、でもよ、ただ食うだけじゃつまんねえから、ゲーム形式にしよう。オヤジやカシラに、鮨屋に連れていってもらったとするよな。カウンターで握ってもらう店な。好きなもん食えって言われて、まずなにを食べる？」

崎谷には、どこがゲームなのかわからなかった。兄貴分がニヤニヤしているのが不気味ではあったが、なにも考えずウニの軍艦巻きを指でつまみ、口に放りこんだ。

「立て」

首根っこをつかまれ、乱暴に立たされた。次の瞬間、ごつい拳が左頬にめりこんだ。口の中にはまだ、ウニの軍艦巻きが残っていた。吐きだしたらまた殴られる、ということだけをそのときは思い、必死に呑みこんだ。

「鮨屋のカウンターに座って、いきなりウニ食う馬鹿がどこにいるんだよ。オヤジやカシラに恥かかせることになるぞ、わかってんのか！」

「すいません……」

腰を折って深く頭をさげたものの、なぜ殴られたのかさっぱりわからず、困惑することしかできなかった。

「次、おまえ」

甲本は血の気を失った顔をこわばらせ、鮨桶の上で右手をうろうろさせていた。覚悟を決めて、玉子をつまんだ。

「立てよ、この野郎」

兄貴分に殴られた甲本は、一メートル後ろの壁まで吹っ飛んだ。あきらかに、崎谷を殴ったときより、ギアが一段あがっていた。

「玉(ぎょく)は最後に食うもんだろうが、最後に！　玉ちょうだいって言ったらな、これで〆ますってことなんだよ。テメエ、オマンコするとき、キスもしないでいきなり射精すんのか！」

地獄のようなゲームだった。食べるたびに殴られた。

食べる順番の正解は、味の薄いイカや白身魚から手をつけ、青魚や赤身のマグロを経由して、味の濃いウニやいくら、あるいは大トロなどの脂っこいネタに辿りつくというものだった。そして、最後に玉で〆る。

当時の崎谷は、鮨ネタに関する知識がまるでなかった。甲本はもっとひどかった。スーパーのパック鮨に入っているサーモンが好物だったから、どうしてここの鮨には鮭がないんですかねえと言って、兄貴分に膝蹴りを入れられていた。江戸前の高級鮨で、サーモンの握りが出てくるところはない。

後年になると、それなりに格式が高い鮨屋に自前で行けるようになり、大将や職人に鮨を食う順番を訊ねてみた。兄貴分の言ってることは間違ってはいないようだったが、唯一の正解ではないらしい。誰も彼も口を揃えて、「鮨なんて好きな順番で食べればいいんですよ」と笑っていた。

ただ、若いうちにそういう躾を受けておいてよかった、と思わないこともない。

隣に座っているカンナは、ウニの軍艦巻きばかり、もう七個も立てつづけに食べている。そんな女が連れかと思うと、たしかに恥ずかしかった。箸も使えない女に鮨の食べ方をレクチャーする気にはなれず、黙っていたが……。

「やー、一度ウニだけでお腹いっぱいになってみたかったんですよねー。もう最高」

「……よかったな」

崎谷は苦笑いを浮かべてビールを喉に流しこんだ。ウニだけで腹いっぱいになってみたい──そういう夢が、若いころにはたしかにあった。世間を知らない、貧乏人の夢だ。笑うことはできない。好きで貧乏に生まれてくるやつはいない。

上等なイカは醤油につけるより、塩とレモンで食べたほうがうまいと教えてくれたうるさ型の兄貴分は、昔はイカが嫌いだったと言っていた。幼稚園児のころ、ひとり親だった母親が駆け落ちし、よっちゃんイカだけで三日間飢えをしのいだことがあるらしい。味がなくなるまでしゃぶりつづけ、繊維状になってもまだ食べる決断ができず、最後は袋を裏返して舐めていたそうだ。

「どうした？」

カンナが急に静かになったので、声をかけた。

「腹いっぱいでオネムになったか？」

「違いますよ」

カンナは小さく溜息をついた。

「わたし……崎谷さんに話があったんです。大事な話……なのに、ウニなんかではしゃいじゃって……馬鹿みたい」

「腹へってたんだろ」

「でもぉ……」

「話があるなら、すればいい」

幸いというべきか、大将も女将も、先客の席の前で盛りあがっていた。声をひそめて話せば、向こうまで声は届かないだろう。

「次にどこに行くか、決めました?」

顔を下に向けて、カンナが訊ねてくる。

「ずっとここにいるわけじゃ、ないですよね?」

「まあ、そうだな……」

「わたしも、一緒に連れてってくれません?」

カンナが顔をあげた。視線と視線がぶつかった。眼つきが怖いくらいに真剣だった。

「行き先はどこでもいいから……一緒に……」

崎谷はにわかに言葉を返せなかった。胸の奥がざわめいた。心の風穴に、突風が吹き抜けていった感じだった。

彼女がなぜそんなことを言いだしたのか、訊ねるのが怖かった。それでも、訊ねないわけにはいかない。言葉を選んでいると、カンナが先まわりして言った。

「すごく楽しかったんです、この三日間。わたしの人生、ちっちゃいころからずーっと地べたを這いずりまわっている感じだったんですけど、下着姿で崎谷さんの宿に転がりこんでから、バンッと急上昇。そりゃあ、最初は気まずかったし、崎谷さんのこと怖かったけど……ゆうべでピーク、もうびっくり」

「ピークってことは、あとはくだっていくだけだぜ」

崎谷は冷たく受け流し、手酌でビールをグラスに注いだ。カンナが唇を尖らせてグラスを差しだしてくる。注いでやる。一緒に飲む。

「そういうこと言わないでください」

「ちょっとした非日常だったから、楽しかっただけさ」

「そうじゃない……ううん、そうでもいいんですけど、崎谷さんといるのが楽しすぎて、なんか、もう……日常に戻るのがやんなっちゃった」

「そう言われてもな……」

「諦めてたんですよ、わたしの人生こんなもんだって……崎谷さん、言ってたじゃないですか？　人生なんてつまらないもんだって。ホントそんな感じ。心から楽しいことなんて、どこにもあるわけないって……でも……見つけちゃった」

崎谷が言葉を返せないでいると、カンナも黙りこんだ。気まずい沈黙が、ふたりの間を揺れていた。

崎谷にも、同じ思いがなかったわけではない。このあてのない旅に、カンナのような同伴者がいたら、と夢想するのは楽しかった。

たとえば、宝石箱をひっくり返したような夜景が見える高層ホテルに滞在し、服を新調してグランメゾンに赴き、最高級のワインとディナーを楽しむようなことをしてやったら、カンナはいったいどんな顔をするだろう——想像するだけで頬がゆるんだ。

とはいえ、それはあくまで夢の話。彼女の申し出に、安易にうなずくことはできなかった。できるわけがない。理由はふたつある。

崎谷の未来は、すでに閉ざされていた。どう頑張ったところで、それほど長くは生きられない。女をひとり幸せにするなんて、夢のまた夢……。

そしてもうひとつは、カンナのことをなにも知らないからである。人間関係がなにもない。知っているのはセックスだけ——たとえそれが言葉では言い表せないほど素晴らしいものであったとしても、それでいいのかと思う。セックスのためだけに旅に帯同させるなんて、携帯用の肉便器ではないか。

「崎谷さん、もしかして……」

カンナが自分を指差して言った。

「わたしがお荷物になると思ってます？　不良債権みたいな」

「どうかね……」

崎谷は曖昧に首をかしげた。

「思ってるとしたら、それはとんでもない勘違いですよ。わたしのこと、色眼鏡で見すぎ。不良債権じゃなくて、優良債権ですから。たとえば、崎谷さんが病気で寝込んで、お金がなくなったとするじゃないですか？　わたしはホステスとして、どこでも稼げますから。そりゃあ、銀座とか六本木に行ったら通用しないかもしれませんけど、スナックなんてどこにでもあるし……」

「いまの仕事、気に入ってるのか？」

「気に入ってませんよ。わたし、セクハラされるために生まれてきたわけじゃないし。でも、こう見えてキャリア八年ですからね、八年！　駆けだしには負けません。いざというときは、体を張って崎谷さんを支えます」

つまり、中学を卒業してすぐに、水商売の世界に飛びこんだということか……。

「ハッ、冗談じゃねえ」

吐き捨てるように言った。

「病気になろうがなんだろうが、女のヒモになんてなってたまるかよ。ヒモになるくらいなら、首括って死ぬね」

虚勢ではなかった。格好をつけているわけではない。ヒモになってまで生きのびようという、生に対する執着心がないだけだった。このでたらめな世の中にも、どん詰まりになってしまった自分の人生にも……。

「……カッコいい」

うっとりと眼を細めて、カンナが腕に触れてくる。

「そういう崎谷さんだから、一緒にいたいんですよ。なにかあったら体を張るぞ、って思えるんですよ。あっ、わたし時間なんでそろそろお店行きますけど、あとで来てくださいね。待ってますからね」

慌ただしく立ちあがり、店を出ていった。時刻は午後七時四十五分になっていた。カンナが働いている〈ニューロマンス〉の営業時間は、八時からだ。

崎谷はふうっと息を吐きだすと、

「すいません、ぬる燗つけて」

大将に声をかけた。

「へいっ！」

しばらくすると、大将が徳利を持ってやってきた。なんとなく顔色が曇っていたので、気になった。

「どうかしましたか？」

「いやあ、べつに……なんでも……」

あきらかに笑顔がこわばり、視線が定まらない。なにか言いたいことがあるように見える。

しかし結局、なにも言わずに奥にさがっていった。

崎谷もあえて訊ねなかった。ウニしか食わない若い女を連れてチャラチャラしている——あまりよく思われていないのだろうな、とそのときは思った。

3

〈ニューロマンス〉に移動した。

崎谷は〈鮨処やえがし〉で用意してもらった折り詰め鮨をママに渡し、ゆうべの件について詫びを入れた。

「いえいえ、こちらこそ行き届かないで、申し訳ございませんでした。そのうえ、たくさんお支払いいただいて……」

ボックス席に通されると、見知った顔の女が隣に座った。

「あら、やだ。今日も来てくださったんですか……」

笑顔でしなをつくられても、崎谷は笑えなかった。悪夢の続きを見せられる気分だった。

ぴちぴちの赤いドレスに三段腹……。

田舎のスナックというのは無差別級だ——胸底で溜息をつく。十五歳で水商売にデビューする女もいれば、成人した子供がいそうな女も働いている。下手をしたら孫までいるかもしれない。眩暈がしそうだ。

とはいえ、昨日の今日で態度を悪くするわけにもいかず、静かにグラスを傾けていると、

「お客さん、よっぽどカンナちゃんにご執心なのね？」

三段腹が意味ありげな笑みを浮かべて言った。

「んっ？　そうでもないさ」

「こんな田舎でもね、まわりのキャバクラとかは、若い女の子がいっぱいよ。行ってみた？　他に稼げる仕事がないから、都会よりも美人揃いじゃないかな」

「本当かね？」

「でも、カンナちゃんはそっちには絶対に行かないの。頭いいわよね」

「そうは見えないが……」

「頭いいのよ。ここはお客さんの年齢層が高いし、ホステスもうちらみたいなおばちゃんばっかり。時給だって、キャバクラより全然安い。でも、こういうお店にいたほうがちやほやしてもらえるって、よくわかってるわけ」

女の言葉には棘があった。

店は今日も盛況で、カンナは花畑を舞う蝶のように、席から席に移っている。引っぱりだこなのだろう。熟女ばかりの中でひとり若い、逆カメレオンの二十三歳は……。

「カンナちゃん、なかなか来そうにないから、ゆっくり飲みましょうよ。ボトル入れてもいいかしら？」

「好きにしてくれ」

うんざりしながら答えたときだった。不穏な空気が、崎谷のいるボックス席のすぐ側を通りすぎていった。黒いアロハシャツを着た男だった。右足を引きずりながらフロアを横切っていく。

崎谷は顔を伏せた。足を引きずっていたからではなく、地まわりのような気がしたからだ。チラッと横顔を見ただけだが、顔色が土気色だった。腹の中はもっと黒いのではないかと思った。チンピラ特有の暴力的な匂いはしなかったが、それよりもタチの悪い投げやりな虚無感を振りまいていた。

男はカンナがいる席までまっすぐに進み、彼女に声をかけた。

カンナは不快そうに顔色を曇らせた。これ見よがしに深い溜息をついた。それでも席を立ち、男にうながされるまま、店の奥へと向かっていく。

「ちょっとトイレ」

崎谷は立ちあがった。

「本当にボトル入れてもいい？」

三段腹が言い、

「ああ」

崎谷は彼女を見ずにうなずいて、トイレの方に進んだ。カンナもそちらに向かっていた。男子トイレは廊下を曲がったすぐ手前にあり、奥が女子トイレ、さらにその奥には扉がある。裏口だろう。ベコベコにへこんだアルミの扉が、開けっ放しだった。

近づいていくと、

「お店には来ないでって言ったよね？」

カンナの声が聞こえた。

「うるせえな。いいから早く出すもん出せよ」

男が面倒くさそうに言う。

崎谷は気づかれないように外の様子をうかがった。黒いアロハの男は、崎谷と同世代に見えた。カンナからハンドバッグを取りあげ、勝手に開けて財布を取りだした。当然のように、中から札を抜き取った。

カンナは唇を嚙みしめて耐えている。奪われた金は二万か三万だったが、カンナにとっては大金だろう。にもかかわらず、黙っている。文句も言わずに、暴挙を受け入れている。

男が乱暴にバッグを突き返すと、カンナは受け取り損ねて地面に落とした。

拾っている隙に、男は足を引きずって路地裏の奥へと消えていった。カンナはバッグについた埃を払いながら呆然と立ちつくしている。崎谷は眼をそらした。見ていられなくて、男子トイレの前まで戻った。

やがて、肩を落としたカンナが、裏口から入ってきた。崎谷の姿を見て、ビクッとする。驚愕にひきつった顔に、みるみる暗い翳がひろがっていく。

「見てたの？」

震える声で、カンナは訊ねてきた。

崎谷は黙ってうなずいた。

「……すぐ席に行くから、ちょっと待ってて」

カンナはひどく神妙な顔で崎谷の脇を通り抜け、店に戻った。ママのところに行き、なにやらしゃべっている。

崎谷はトイレに入り、なかなか出ない小便をなんとか出してから、席に戻った。赤いドレスの三段腹の姿はなく、彼女が入れたらしきウイスキーのニューボトルだけがテーブルに置かれていた。安価な国産品ではなく、マッカランだった。出し抜いたつもりだろうが、望むところだ。シングルモルトのほうが口に合う。

カンナがやってきて隣に座った。

「しばらく、ここの席にいていいことになったから……」

崎谷を見ず、悲愴感の浮かんだ横顔を向けて言った。ママに交渉したのだろう。せわしなく手を動かし、マッカランの水割りをふたつつくった。オン・ザ・ロックがよかったが、言える雰囲気ではなかった。

「いまのが、例の元カレ……」

屈辱を噛みしめるように、カンナは言った。

「おまえを山にさらって、裸に剝いた男か？」

「そう……」

「そのわりには仲がよさそうだったぜ。ホステスとヒモ……よくある光景に俺には見えた」

カンナが睨んでくる。噛みつきそうな顔で……。

「間違ってたなら謝る」

「仲がいいわけじゃない……そんなんじゃない……」

カンナは前屈みになり、両手で顔を覆った。しばらくそのまま動かなかったので、崎谷は水割りのグラスを口に運んだ。案の定、薄かった。ボトルから酒を足した。

「アキトシっていうんですけどね、あの男……」

両手で顔を覆ったまま、カンナは言葉を継いだ。

「付き合っていたのは十八のとき、もう五年も前の話……」

あの男がもし本当に地まわりなら、たいしたタマだった。もっとも、なにもない田舎町で十五の年から水商売の世界にいれば、ありがちな交際歴かもしれない。カンナは崎谷が背負っている彫り物を見ても、極端に怯えたりしなかった。見慣れているから、と考えられないこともない。

「当時はそれなりに仲がよくて……あんまり言いたくないですけど、わたしはけっこう浮かれてました。頭の中がお花畑みたいよって、お水の先輩に言われたりした。若かったし……」

崎谷はグラスを口に運んだ。まだ薄かった。ボトルから酒を足した。いくら足しても薄く感じる。

「ちょうどそのころ、クルマの免許とったんです。念願だったわけですよ。田舎ってクルマがないと不便でしょうがないから。貯金もけっこう貯まってたんで、キャッシュで新車買っちゃおうかなーって勢い……アキトシはブルーのBMWに乗ってて……外車って、中古でオーナーが二回以上変わるとタダみたいな値段になるじゃないですか？　当時はそういうこと知らなかったから、カッコいいなあって……免許とったから運転させてよって……加速がすごいんですよ。教習所のカローラとは全然違う。ちょっと踏んだだけでビューンって行くから、わたしキャーキャーはしゃぎながら運転してて……」

カンナは魂までも吐きだしそうな、深い溜息をついた。

「見事に事故りました。スピンしてガードレールに突っこんで……死んだと思いましたから。クルマは全損。でも……ハンドル握っていたわたしは、かすり傷ひとつ負ってなくて……助手席のアキトシだけが……脚を……」

カンナはうつむいて押し黙った。彼女の起こした事故で脚に大ケガを負い、いまでも障害が残っているということらしい。

「わたしのせいですからちゃんとしようって、十五歳からコツコツ貯めてたお金を全部渡しました。国産なら新車が買える額ですよ！　でも、アキトシは許してくれなかった。文句があるならこの金やるから、おまえも俺と同じになれって……どんどん卑屈になっていって……好きだから付き合いはじめたわけですけど、そういうの目の当たりにするの、つらくて……別れようと言ったら怒りだして……おまえのせいで俺の人生はメチャクチャだって……それからずっと、お金を巻きあげられてるんです……体も求められるんですけど、それだけはなんとか拒否して……抱かれるくらいなら、お金渡したほうが……まだマシだから……」

すがるように見つめられた。

「どう思います？」

崎谷は反応できなかった。

「わたしとしては、もう充分償ったと思ってるんです。もちろん、気持ち的には一生背負っていきますよ。でも……現実的に……これ以上アキトシにつきまとわれるのは耐えられない……もう勘弁してほしい……最近になって、よりを戻そう、よりを戻そうって、すごいしつこいし……」

「泣くな」

崎谷はカンナの眼尻に浮かんだ涙を指で拭った。

「泣かずにいられますか?」

「おまえ、泣くと化粧が流れてパンダみたいになるから……」

「ううう……」

カンナは唇を嚙みしめて涙をこらえた。化粧が流れていなくても、ひどい顔になっていた。女にこんな顔をさせる男は、ひどい男だ。

なるほど。

いろいろと合点がいった。

カンナがクルマの運転を苦手にしているのは、その事故のトラウマがあるからなのだ。

そして……。

彼女はこの町を離れたがっている。アキトシと縁を切りたがっている。忌まわしい過去から逃れて、新しい自分に生まれ変わりたいと願っている。

カンナは頭はよくないが、それを自覚しているという意味において、決して馬鹿ではない。本物の馬鹿は、いつだって根拠もなく自信満々だ。世間を渡っていくうえで必要な知力とは、おのれの馬鹿さ加減をどれくらい自覚しているかなのだ。

自分は人より教育を受けていない、知っているのは水商売の世界だけ、外の世界に出たらきっとんでもない世間知らずだ——カンナはそういうことをよくわかっている。だから、逃げたくても逃げられない。知らない土地にひとりで逃げていっても、生きていけるとは考えていない。

崎谷に出会ったのは、渡りに船だったことだろう。

心の風穴に、冷たい風が吹き抜けていく。

ふたりを惹きつけあっているのは、恋なんかじゃない——それはわかっていた。恋と呼ぶにはあまりにも淡く、脆弱（ぜいじゃく）な関係しか築けていないし、そもそも一緒に過ごした時間が少なすぎる。

それでも……。

崎谷はなにかを期待していた。具体的な輪郭をもったなにかではなく、ひどく朧気なものだったけれど、カンナに対して期待を寄せていた自分に気づく。打算などではなく、もっとピュアななにかを……。

自嘲の笑みがもれた。

彼女の言動の裏側に打算が貼りついていたとして、それのいったいなにがいけないのだろう？

カンナはこちらのことを、高級旅館に長逗留できるほど経済力があり、刺青を背負った強い男であると思っているはずだ。この男なら、自分を食いものにしている元カレから守ってくれるに違いないと……。

男を見定めるとき、スペックを気にしない女はいない。平社員よりは経営者を、一兵卒よりは将校を選ぶのが、女という生き物だ。すべては打算に裏打ちされている。

カンナは悪くない。

悪くないのだが……。

「そろそろいいかしら？」

ママが気まずげな顔でよろよろと近づいてきて、カンナに声をかけた。席替えの時間らしい。けっこう長い間、独占してしまった。

「ごめんなさい……」

カンナが下を向いたまま席を離れ、崎谷はママにチェックを頼んだ。

## 4

外に出ると、小雨がぱらついていた。

傘を差すほどではなかったので、崎谷はそのまま歩きだした。もっとも、たとえ前が見えないほどの土砂降りでも、〈ニューロマンス〉に踵を返して、傘を借りる気にはなれなかっただろう。

時刻はまだ午後十時にもなっていなかった。ホテルに帰ってカンナを待つにしても、店が終わるのは午前一時とか二時のはずである。ビジネスホテルの殺風景な部屋で、三、四時間もひとりでいることを想像すると、ゾッとしてしまった。

「すいません」

すれ違った男に声をかけた。板前の格好をしているから、繁華街で働いている人間だろう。

「このへんでいちばん高級な店ってどこですかね？」

男が即答で教えてくれたのは、〈ニューロマンス〉の並びにある〈パフューム〉という店だった。

雑居ビルに入った店舗ではなく、独立した建物の店だった。黒とベージュを基調にし、間接照明を駆使した内装は、六本木あたりの店に引けをとらないほど洗練されていた。キャバクラよりもワンランク上の、高級クラブという位置づけになるのだろう。黒服を着たボーイもきびきびして、よく教育が行き届いている。〈ニューロマンス〉とはサービスの質が段違いだ。

しかし、なによりいちばん驚いたのは、隣に座った女だった。

「いらっしゃいませー。リエです。よろしくお願いしまーす」

モデルの卵か？　と言いたくなるほどの美女だった。すらりと背が高く、上から下までやたらと細い。光沢のあるヴァイオレットブルーのイブニングドレスが、見とれてしまうほどよく似合っている。

その店では、待機中のホステスが広いボックス席に集合していた。いつでもご指名くださいとばかりに、顔見せ展示中だった。

ドレスを着た女が六、七人――みな二十歳前後と思しき若さだったし、いずれ劣らぬ美女ばかりだったが、リエは頭ひとつ抜けている。一見(いちげん)の客にヴィジュアルリーダーを送りこんでくるなんて、どこかの店とは心掛けが違う。

「お客さん、ご旅行ですか？　どっから来たかあてましょうか？　東京でしょう？　なんとなくわかりますよ、雰囲気で……」

リエは彫りの深い顔立ちをしていた。切れ長の眼がややきつめだが、話してみると気さくで、ニコニコとよく笑った。年は二十歳らしい。

「こんな田舎でくすぶってないで、東京に行けばひと財産築けるんじゃないか」

思わず言ってしまうと、

「実はちょっと前までいたんですよ。銀座のお店に……」

「ほう……」

「でも、なんか合わなくて、すぐ帰ってきちゃいました。仕事もきつかったですけど、生活するのが、もう……息吸ってるだけですごいストレス……」

「なにをするにもあわただしいもんな」

「実はわたし、地元が嫌いだったんです」

「このあたりなんだよね？」

「隣町なんですけど……昔からすごく嫌いで、上京するときは二度と帰ってくるかーって勢いだったんですけど……半年もちませんでした。東京に行ったら逆に、こっちが恋しくて、恋しくて……」

「故郷っていうのは、そういうものなんだろうなあ……」

東京で生まれ育った崎谷には、よくわからない感覚だった。

ただ、花の命は短い。どうせ同じ水商売をするなら、高く売れる若いうちに東京で稼いだほうが利口ではないか。たっぷり貯めこんでから、帰ってくればよかったのに……。

そのあたりのことを訊ねてみると、

「そりゃあやっぱり、東京のほうが稼げますよ……最初びっくりしましたからね。こんなに貰っていいんですか、って感じで……」

リエは遠い眼をして淋しげに笑った。

「正直言うと、いまは東京行ったこと後悔してます。たった半年もいなかったのに、すっかり贅沢が身についちゃって……服でもバッグでもコスメでも、いいやつが欲しくなるし……眼が肥えちゃうと、安いの持ってるのが耐えられないんですよ……」

リエにねだられ、シャンパンを抜いた。ドンペリの白――東京なら倍の値段だ。銀座なら三倍かもしれない。ということは、リエに入るキックバックも半分から三分の一。あるいはそれ以下。その一方で、ハイブランドの服やバッグは、東京で買おうが東北で買おうが、値段は一緒だ。

それでも、リエはドンペリを抜いたことを喜んでくれ、大げさなくらいはしゃぎだした。細長いフルートグラスを持って満面に笑みを浮かべ、「おいしい！　おいしい！」と店中に響く声で言っている。

景気がよくないのだろう。〈パフューム〉はあからさまに客が入っていなかった。田舎町のピンクゾーンにある飲み屋にしては、格調が高すぎるに違いない。内装が古めかしくても、ホステスが三段腹でも、〈ニューロマンス〉のほうがはるかに盛況だった。もちろん値段も安いのだが、作業服で飲んでいるような連中はきっと、ああいうざっくばらんな店のほうが落ちつくのだ。

ただ、店が不入りなおかげで、久しぶりにゆったりした気分で酒を飲むことができた。美酒と美女の組み合わせは、いつだって男を楽園に導いてくれる。久しぶりに口にしたドンペリはさすがにうまかったし、リエはそれに釣りあう美貌の持ち主だった。

おまけに、フルートグラスを手にすると、途端にサービスがよくなった。ぴったりと身を寄せてボディタッチを繰り返し、やたらと隙を見せてきた。そういうことに関心がない崎谷でさえ、金次第でベッドインできるのではないかと思ってしまったくらいだ。

問題は……。

ゆったり飲んでいるつもりでも、気がつけば脳裏にカンナの姿がチラついていることだった。リエは間違いなく、カンナより女としてのランクが高かった。容姿はもちろん、所作だって洗練されている。

「チェックしてくれ」

「えっ？」

リエが眼を丸くした。

「ドンペリ、まだ半分以上残ってますよ？」

「用事を思いだしたんだ。悪いな」

金を払い、店を出た。胸がざわついてしようがなかった。無意識にしろ、リエとカンナを比べてしまっている自分に苛立った。打算まみれの迷い猫を捨てたところで、金さえあればもっといい女を引っかけられる——もうひとりの自分が言っていた。反論できないところが、よけいに苛立ちを募らせた。

外に出ると雨脚が強くなっていた。眉や瞼にかかった雨粒を指ではじき飛ばしながら歩いた。胸のざわめきはやがて、口の中を苦くさせるまでに至り、水たまりに何度も唾を吐いた。コンビニでいちばん安いウイスキーを買ってホテルに帰り、それを飲んで寝てしまおうと思った。

上等な酒は、口当たりがいいから飲みすぎてしまう。いまどきはコンビニでもシングルモルトが手に入るが、殺風景なビジネスホテルの部屋で手酌酒をしていたら、ぶっ倒れるまで飲んでしまいそうだった。こういうときは、ひと口飲むたびに眉間に皺を寄せたくなるような安酒がいい。安酒には安酒の存在理由がある。

「……っ！」

不意に背筋に寒気が走った。

スナックやキャバクラが集中しているピンクゾーンの路地から出て、表通りへと角を曲がったところだった。

人の気配を感じた。よくない気配だ。不穏な空気が揺れている。

振り返った。若草色の作業服を着た男が三人、立っていた。充血して濁った六つの眼が、こちらを見ていた。今日も懲りずに泥酔しているようだった。

ひとりが崎谷の前に進んできた。異様に眉が太かった。眼も鼻も口もでかいがメリハリがなく、溶けたゴム人形のような顔をしている。

「ゆうべ喧嘩売っていただいたの、覚えてらっしゃいますか？」

酒くさい息を吹きかけられた。わざとらしい敬語を使っていても、挑発しているのはあきらかだった。

「忘れたとは言わせねえぞ」

他のふたりもイキッている。

「酒場のマナーを教えてくれるんだったな？」

「来いよ……」

店と店の間にある、細い路地に向かって突き飛ばされた。人がひとり、かろうじて通れる幅しかなく、後ろから三人がやってくるので、前に進むしかない。

酒場の並んだちょうど裏側、共同の物置場のようなところに出た。

盛り場の楽屋裏だ。壁はタールをぶちまけたように黒々と汚れ、エアコンの室外機が苦しそうに呼吸し、埃まみれのビールの空き瓶が入ったケースが積んである。雨が降っているせいか、鼻をつまみたくなるような異臭がした。いまにも足元をドブネズミが駆け抜けていきそうだった。

作業服姿の三人は、肩をいからせ、きな臭い眼つきでこちらを睨んでいる。すっかりやる気のようだった。馴染みの店で余所者(よそもの)に恥をかかされ、腹に据えかねているといったところか。

こんなところでトラブルを起こすわけにはいかない——崎谷はギリッと歯噛みした。ただ、ちょうど気分がささくれ立っていたところだった。悪い虫が疼きだした。

安い喧嘩でどん詰まりの人生をさらに詰まらせてしまうのが、自分という人間なのかもしれなかった。それならそれで、運命を受け入れるしかあるまい。行く道を行ってやろうか、という気になってきた。安い喧嘩にだって報酬はある。暴れているときだけは、なにもかも忘れて生きている実感を味わえる。

「全然ビビッてねえな」

三人は眼を見合わせて薄く笑った。

「余裕ぶっこいてると、殺しちゃうぞこの野郎」

ひとりがビールケースからビール瓶を一本抜いた。

「やってみな」

崎谷は自分の額を指差した。

「ハンデをやるから、俺の頭をカチ割ってみろよ。頭の血管が切れるとな、やったほうがビビるくらい大量の血が出る。顔中、真っ赤な血まみれだ。血を見た俺は正気を失う。遠慮せずにテメエら全員、障害者にできる」

雨脚がさらに強まってきた。眼に雨粒が流れこんできても、崎谷は眼をつぶらなかった。

「来いよ……」

一歩前に進むと、三人はじりっとさがった。顔色が悪くなっている。崎谷は勝利を確信した。喧嘩慣れしていない連中ばかりだった。相手の力量を値踏みできないなら、ガタガタ言ってないで先に手を出さなければならない。すぐに使わないなら、凶器を手にするべきではない。ビール瓶なんて脅しにはならない。相手に倍返しの口実を与えるだけだ。

「おい……」

黒い壁が急に明るくなった。扉が開けられ、誰かが出てきた。〈鮨処やえがし〉の大将だった。

「なにやってんだ、人んちの裏で？」

作業服姿の三人は鼻白んだような顔になり、眼を見合わせた。ビール瓶を捨て、そそくさと立ち去っていった。

大将がこちらを見た。憐れんだような眼つきをしていた。

「入んなよ、ずぶ濡れじゃねえか……」

崎谷は一瞬ためらったが、大将にうながされるまま、〈鮨処やえがし〉に裏口から入っていった。

5

まだ午後十一時なのに、店はもう看板になったようだった。

店内の照明も半分消されていたし、女将の姿もない。もちろん、カウンター席で舌鼓を打っている客もいない。

崎谷はひとり席に座り、大将の貸してくれたタオルで髪を拭った。それほど長い時間、雨に打たれていたわけではないはずだった。なのに、ひどく濡れていた。髪だけではなく、シャツもそうだ。

「すいません。助かりました……」

崎谷は頭をさげた。大将の顔を見たことで、急に現実感を取り戻した。自分の中で疼いていた暴力的な衝動に、寒気を覚えた。

あのまま喧嘩が始まっていたら、眼もあてられないことになっていただろう。前歯を全部叩き割るとか、眼球に指を突っこむとか、そこまでするつもりだった。ビール瓶を手にした男には当然、それで頭をカチ割られる痛みを、きっちり教えてやろうと思っていた。

大将が、目の前に湯呑み茶碗を置いてくれた。鮨屋仕様のでかい湯呑みだ。中身はお茶ではない。熱燗だ。

崎谷は湯呑みを持ち、ひと口飲んだ。

「熱いよ」

大将の言った通りだった。舌が火傷しそうだったし、湯呑み自体が持っていられないほど熱かった。

それでも、うまい、と唸ってしまう。ここでつけてもらうぬる燗は絶品だが、熱燗も五臓六腑に染み渡った。地酒ではあるが高い酒ではないと言っていた。日本酒を味わうキモは、温度管理にあるらしい。

「強請られたのかい？」

大将が眉をひそめて訊ねてきた。崎谷もまた、内心で眉をひそめた。言葉遣いが引っかかった。彼は先ほどの場面を見て、自分が強請られていると思ったのだろうか？

考えすぎかもしれないが、事実は単なる喧嘩だった。三対一でも、睨みあいでは負けていなかったはずだ。

崎谷が黙っていると、大将はふーっと太い息を吐きだした。

「さっきは楽しそうだったね？　若い女の子と一緒で……」

話題を変えた。表情と声音をあらためていた。

「いや、お恥ずかしい……」

崎谷は苦笑まじりに頭をかいた。

「まさかあんなにウニばかり食べるなんて……俺なんかが若いころは、最初にウニを頼んだら、目上の人間にこっぴどく叱られたもんですが……」

「ウニはまあ、いいんだけども……」

大将が言いづらそうに言葉を継ぐ。

「どこで知りあったんだい？」

「どこで？　裏のスナックですよ」

本当の経緯をしゃべっても、べつによかった。話を盛って、面白おかしくしゃべれる自信があった。しかし、それにはいささか意識がまともすぎた。喧嘩沙汰のせいで、酔いがすっかり覚めてしまった。

「裏のスナックって、〈ニューロマンス〉だよね？」

「ええ」

大将がもう一度太い息を吐きだす。表情に苦渋が浮かびあがる。

「なにかあるんですか？」

「実はその……あんまりいい評判聞かない子なんだよね」

「……と言いますと？」

「人たらし、というのかな……」

崎谷がポカンとすると、

「それはいいんだ……べつにそれはね……」

大将は気まずげに笑った。

「ホステスなんだから、人をたらしこんでナンボかもしれない……ただね……」

一瞬、視線が合った。大将はすぐに眼をそらした。

「彼女の場合、飲みにきたお客さんを楽しませるために、愛想よくしてるわけじゃないらしくて……いやまあ、それもあるんだろうけど……」

「大将……」

崎谷は苦く笑った。場の空気を和らげるため、両手を頭の上にあげて伸びをし、いささか大げさに深呼吸した。

「そんなに丁寧にオブラートに包んで話さなくてもいいですよ。俺は彼女を気に入ってる。それは事実だ。でも所詮、旅先ですれ違っただけの関係ですからね。悪い評判があるなら耳に入れておきたい。でも、どんな話を聞いたところで、俺が大将に対してネガティブな感情をもつことはないですから」

「そうかい？　あんたいい人だからさ。言おうかどうしようか迷ったんだけど、なんかあってからじゃ遅いっていうか、こっちもあんまり気分よくねえし……」

気付けのつもりなのか、大将は一升瓶から湯呑みに注いだ冷や酒をぐっと呷った。

「彼女、客と寝てるらしい」

視線と視線がぶつかった。

「……枕営業？」

「それがそうじゃない。枕営業なら……同僚のホステスには嫌われるだろうけど、客にとっては、むしろ夢がある。しかし、彼女がやってるのは逆なんだ。枕営業じゃなくて、美人局（つつもたせ）……」

崎谷は息を呑んだ。

「客を寝技に誘いこんで、そのときはべつに金品を要求したりしないでね。店に来ても、高いボトルをねだったりしない。でも、あとからやんちゃな連中が集金にやってくる。俺の女に手を出したな、って……」

崎谷はようやく合点がいった。大将が最初に「強請られていたのかい？」と訊ねてきたのには、そういう背景があったのだ。崎谷が美人局の罠に嵌まり、ツメられているように見えたわけだ。

それにしても……。

カンナが美人局……。

もちろん、衝撃を受けた。ただ、衝撃の質が無色透明というか、自分でも意外なほど動揺しなかった。そんなことはあり得ないと即座に否定できるほどには、崎谷はカンナのことをよく知らなかった。

水商売の世界はシビアだ。客と寝なければ稼げないのなら、寝るしかない。貞操観念が強い女が、のほほんと生きていける業界ではない。ましてやこの不況のご時世、なりふりかまってなどいられない。

枕営業は客にとって夢がある、と大将は言った。それはよくわかる。目当ての女を抱けるだけではなく、疑似恋愛のスリルも楽しめる。

三万円で抱ける風俗嬢に、男は心の底から燃えあがらない。三万円の価値があるかどうか、冷静にコストパフォーマンスを吟味するだけだ。

一方で、十万円ぶん酒を飲めばベッドインできるかもしれないホステスには、雄心を揺さぶられる。「かもしれない」というところがミソなのだ。最初から抱けるとわかっていたらつまらないし、抱けないとわかっていればもっとつまらない。

やれるかやれないかのシーソーゲーム。ようやく本懐を遂げたとき、達成感が女のスペックに下駄を履かせる。まさに夢の世界である。たとえ安い風俗嬢以下の抱き心地でも、天使や女神に見えてくる。

枕営業ならば、だ。

店の指示でやっている場合は別として、枕営業は水商売の掟を破る反則技である。大将も言っていたように、バレれば同僚のホステスたちから冷たい視線を向けられる。下手をすれば、陰湿ないじめに遭うかもしれない。

だが、少なくとも犯罪ではない。

それが美人局となると、明確に一線を越える。

ひとりではできない。金を回収する係がいる。簡単な作業ではない。同意があってセックスをし、俺の女に手を出したなと因縁をつけられ、あっさり金を払う馬鹿なんてこの世に存在しない。

普通は無視される。しつこく迫れば、警察に駆けこまれる。どれほどのタフ・ネゴシエーターでも、労力以上の実入りは見込めない。

しかし、回収係がやくざとなると、話はまるで違ってくる。面倒な交渉なんていらない。相手がやくざだとわかった瞬間、一般人はなにをされるかわからない恐怖に怯え、金の工面に走りだす。

金を払わなければ、妻や娘を犯されるかもしれない。家にトラックを突っこまれるかもしれない。保険金をかけて殺されるかもしれない……。

いまどきそんなことをするやくざなんているわけないが、戦後やくざが築きあげてきた極悪非道のイメージが、想像力を刺激する。恋愛も「かもしれない」で盛りあがるメカニズムになっているが、恐怖もまた「かもしれない」の効果が絶大だ。人間は想像力に支配されている。

実際に殴られるより、殴られる「かもしれない」状況のほうがはるかに怖い。鼻骨が折れるかもしれない。失明するかもしれない。倒されたときに打ちどころが悪ければ、死ぬかもしれない……。

アキトシ……。

あの男が本当に地まわり、あるいは準構成員の類いなら、美人局を成立させるメンツは揃うことになる。

カンナはアキトシと縁を切りたがっていた。いま思えば、あの必死さはちょっと引っかかる。彼女の言葉を信じるなら、たとえ傷害を負わせたとはいえ、金銭的な償いは終えている。そうであるなら、しかるべき仲介者を立てて、話しあいで縁を切ることができるのではないか。

ましてやカンナは、山奥にクルマで連れ去られ、服を奪われるような目にも遭っている。警察に助けを求めれば、それなりの手は尽くしてくれるはずなのに……。

だが、彼女は警察に通報することを拒んだ。

美人局をやっているという裏があるなら、通報なんてできるわけがない。

この町を出たいと訴えてきたカンナからは、真剣さも切実さも伝わってきた。生まれ故郷、馴染んだ仕事、地元の人間関係——彼女には、それらをすべて捨ててしまえる覚悟があるように見えた。

自分と一緒にいたいからと言われても、崎谷は首をかしげるしかなかった。アキトシとの過去の経緯を聞いて多少は納得したものの、すべてが腑に落ちたわけではない。だが、まだその奥に隠している本音があるとしたら……。

カンナが縁を切りたがっているのは過去の忌まわしい出来事ではなく、現在進行形の犯罪なのでは……。

「彼女の働いている店、高齢の客が多いんですよ……」

大将がボソッと言った。崎谷が考え事をしている間、冷や酒を呷りつづけていたらしい。いつの間にか赤ら顔になっていた。

「懐具合はピンキリだ。年金を握りしめて飲みにくるような爺さんから、悠々自適のご隠居まで……そういう人たちの、まあ言ってみればマドンナだな。連中をタニマチにすりゃあ蔵が建ちそうなもんだけど、あの子は地元の人間には絶対に手を出さない。狙うのはいつも余所者。出張族だったり、旅行客だったり……だからそれほど目立たない……」

人の気配がしたので、大将は口をつぐんだ。女将が二階から階段を降りてきた。階上が住居になっているようだった。女将は着物姿ではなく、部屋着らしき薄ピンクのスウェットスーツ姿だった。

「まだ飲んでるんですか？」

大将に笑顔で言ったが、声音に棘が潜んでいた。もういい加減にしたら、と言わんばかりだった。

「いや、もう帰るよ。ね、お客さん……」

大将はひどくあわてて、崎谷を裏口にうながした。店から出ると、弱りきった顔で、唇の前に人差し指を立てた。

「あいつはなにも知らないからさ。いまみたいな話……」

女将がいる前では話題に出すな、ということらしい。

夜の世界の裏情報を得るためには、夜の世界にどっぷり浸かっている必要がある。色街で商っている鮨屋の主というだけでは、少し足りない。熱をあげている女のひとりやふたりはいる、と考えたほうが自然だろう。それも含めて箝口令（かんこうれい）、ということだ。

しかし、崎谷としても、このますんなり帰ることはできなかった。

「もうちょっと詳しく聞かせてくださいよ、いまの話……」

「いやいや、気をつけたほうがいいって忠告したかっただけだから……」

「そう言わないで……」

半ば強引に携帯の番号を言わせ、自分のガラケーに打ちこんだ。発信ボタンを押すと、ワン切りして履歴を残した。

崎谷の手にしているガラケーを、大将は珍しそうに見ていた。もうずいぶんと古い型のプリペイド式——誰の名義かわからないトバシのケータイだった。

6

リエがひとり暮らしをしているのは、ペンションのような造りの、水色の壁をした二階建てアパートだった。

部屋の中はガランとしていた。七、八畳のワンルームに小さなキッチンがついているだけだったが、それほど狭苦しく感じない。

ベッド以外に家具がないからだった。テレビも食卓もチェストもないから、生活感が漂っていない。まだ引っ越してきて間もない、という雰囲気がした。

「缶ビールでいいですか？　あとは、しそ焼酎かチャミスルしかないなあ……」

リエが遠慮がちに訊ねてきたが、

「いや……」

崎谷は首を横に振ってベッドに腰をおろした。

「酒はもういい。それより脱いでくれ……裸が見たい……」

崎谷は財布を出し、一万円札を五枚、リエに突きだした。受けとったリエは、札をひろげて眼で数え、キョトンとした顔になった。

「四万円、って言ってませんでしたっけ？」

崎谷は〈鮨処やえがし〉を出ると、〈パフューム〉に戻った。リエを指名し、したたかに酔って、援助してやろうか、ともちかけた。

「実は今晩、泊まるところがないんだ。キミの部屋に泊めてくれないか？」

彼女がひとり暮らしをしていることは、先に聞いていた。クルマで三十分ほどのところに実家があるらしいが、東京でひとり暮らしの自由さを知ってしまい、戻る気になれなかったらしい。

「一泊体付き、いくらで売る？」

露悪的なささやきに、リエは戸惑った。眼をそらして逡巡した。まわりに黒服がいないことを確認してから、テーブルの下で手をひろげた。パーだ。五万円である。

強気というか、プライドを感じる料金設定だった。いまどきネットのマッチングサイトで探せば、二万円で股を開く女がいくらでも見つかるらしい。

ただ、リエほどのモデル級の美女が、マッチングサイトで簡単に見つかるとは思えなかっ

た。泊まりというオプションもある。五万は妥当かもしれなかったが、

「四万で手を打とう」

崎谷は耳元でささやいた。

リエは眼を見開いた。眉のあたりに、怒気が滲んでいた。プライドを示すなら、断固断るべき場面だった。とはいえ、欲しい服やコスメでもあったのだろう。頬をひきつらせながら、迷っていた。やがて、自分に言い聞かせるように言った。

「いいですよ、それで。さっきはドンペリ入れてくれたし、わざわざ戻ってきて指名もしてくれたし……」

そういうやりとりがあったので、彼女はキョトンとしているのだ。約束より、一万円札が一枚多い……。

「江戸っ子はいったん値切るんだ」

崎谷は頬をゆるめて言った。

「でも最終的には言い値で買う。差額はご祝儀。それが粋なんだよ。銭に汚い関西人とは心意気が違う」

リエはどういう顔をしていいかわからないようだった。崎谷にうながされ、五枚の一万円札を財布にしまった。

そういう掛け合いを、崎谷は甲本に教わった。部屋住み時代、ふたりで浅草に行ったときのことだ。深夜零時、一の酉が始まったばかりの鷲神社。

事務所に熊手が飾られていたから、十一月になるとそれを納めて、新たな熊手を買い求めてこなければならない。

全長一メートルをゆうに超える巨大にして豪華な熊手だから、値段は十万円もした。甲本は九万円に値切ってから、得意げに一万札を十枚数えて渡した。江戸っ子ぶって、掛け合いを楽しんでいた。

業者のほうも、結局は言い値で買ってくれるとわかっているから、あっさり値切りに応じてくれる。元締めは神農だろうが、崎谷たちが選んだ店で熊手を売っていたのは、きりりとした ねじり鉢巻きに袢纏姿が婀娜っぽい妙齢の女たちだった。商売繁盛の口上を述べ、三本締めをしてくれた。

「どうせ兄貴の受け売りだろ」

熊手を担いだ帰り道、崎谷がからかうように言うと、

「そりゃそうさ。俺、道産子だもん。酉の市なんて初めて来たぜ」

甲本はシレッと返してきた。

「東京生まれでも、俺だって初めて来たよ」

「俺が値切るのに成功したとき、残った金で飯が食えると思ったろ？」

「……まあな」

「粋じゃないねえ。生まれが東京でも、テメエみたいなのは江戸っ子じゃねえや」

「腹へってんだから、江戸っ子もクソもあるかよ」

その日は事務所から熊手を撤収したこともあり、一日中掃除に明け暮れていた。朝からなにも食べていなかった。

「じゃーん」

甲本が指に挟んだ一万円札をひらひらさせた。

「カシラがなんかうまいもんでも食ってこいって」

「マジかよ！」

「神農にご祝儀出すんだから、俺らにも小遣い渡さなきゃ可哀相だと思ったんだろう。舎弟思いだよな、カシラは」

「牛丼食おうぜ、牛丼」

「かーっ、マンボウあるのに牛丼かよ。ここはパーッと飲みにいくとこじゃね？」

「行くか？　飲みにいっちゃうか？」

浮かれて居酒屋に入ったものの、ふたりともいくら飲んでも酔えなかった。むしろ、飲むほどに醒めていった。

室内で見ると、一メートルオーバーの熊手はすごい存在感だった。それでいて、稲穂などがついた飾りはずいぶんと脆弱そうだった。酔っ払って熊手を壊したりしたら、事務所に帰って半殺しが待っている。

「……どうかしましたか？」

リエが心配そうに顔をのぞきこんできた。崎谷は虚ろな眼つきで笑っていた。

「いや……」

崎谷は思いだし笑いを引っこめ、

「いいから早く裸になれよ」

「わたしだけ？」

「ああ」

うなずいた崎谷の眼光が鋭かったのだろう。リエは少し怯えたような表情でヴァイオレットブルーのドレスを脱ぎ、ゴールドベージュの下着をさらした。ひどくのろのろした動きで、何度も息を吐いたり吸ったりしながら、全裸になった。

崎谷はまぶしげに眼を細めた。

2021.12
幻冬舎文庫
冬の読書フェア
寒い日だから、
ずっとおうちで。
GENTOSHA
幻冬舎
長濱ねる
最新刊

## しらふで生きる
### 大酒飲みの決断

町田 康

大酒飲み作家は、突如、酒をやめた。数々の誘惑を乗り越えて獲得した、よく眠れる痩せた身体、明晰な脳髄、そして人生の寂しさへの自覚。饒舌な思考が炸裂する断酒記。

737円

## 探検家とペネロペちゃん

角幡唯介

北極と日本を行ったり来たりする探検家のもとに誕生した、圧倒的にかわいい娘・ペネロペ。その存在によって、探検家の世界は崩壊し、新たな世界が立ち上がった。

693円

## 文豪はみんな、うつ

岩波 明

文学史上に残る10人の文豪――漱石、有島、芥川、島清、賢治、中也、藤村、太宰、谷崎、川端。このうち7人が重症の精神疾患、2人が入院、4人が自殺している。精神科医によるスキャンダラスな作家論。

693円

## 神奈川県警「ヲタク」担当 細川春菜2
### 湯煙の蹉跌

鳴神響一

露天風呂で起きた奇妙な殺人事件の捜査応援要請が、捜査一課の浅野から春菜に寄せられた。二人は「捜査協力員」の温泉ヲタクを頼りに捜査を進めるのだが……。

書き下ろし

737円

# 小説文庫

## 鰻と甘酒
### 居酒屋お夏 春夏秋冬

岡本さとる

「あの姉さんには惚れちまうんじゃあねえぜ」。暗い過去を持つ女。羽目の外し方も知らぬ純真な男。二人の恋路に思わぬ障壁が。新シリーズ待望の第四弾。

書き下ろし

715円

## 眠らぬ猫
### 番所医はちきん先生 休診録二

井川香四郎

番所医の八田錦が、亡くなった大工の死因を〝殺し〟と見立てた折も折、公事師（弁護士）を名乗る男が、死んだ大工の件でと大店を訪れた。男の狙いとは？

書き下ろし

847円

## 儚き名刀
### 義賊・神田小僧

小杉健治

遺体で見つかった武士は、浪人の九郎兵衛が丸亀藩時代に命を救ってもらった盟友だった。下手人は義賊の巳之助が信頼する御家人。仇を討ちたい九郎兵衛と無実を信じる巳之助が真相を探る。

書き下ろし

759円

## 狐の眉刷毛（まゆはけ）
### 小烏神社奇譚

篠 綾子

小烏神社の氏子である花枝の元に、大奥にいるかつての親友お蘭から手紙が届く。久し振りの再会を喜ぶ花枝だったが、思いもよらぬ申し出を受ける。草

803円

## ピースメーカー　天海
波多野聖
書き下ろし

僧侶でありながら家康の参謀として活躍した天海。江戸の都市づくりに生涯をかけた男の野望は、乱世を終え、天下泰平の世を創ることだった。彼が目指した理想の幕府（組織）の形とは。

880円

## 新しい考え
どくだみちゃんとふしばな6
吉本ばなな
オリジナル

翌日の仕事を時間割まで決めておき、朝になって全部変えてみたり、靴だけ決めたらあとの服装はでたらめで一日を過ごしてみたり。いつもと違う風が心のエネルギーになる。

737円

## アウトロー文庫

## 全告白　後妻業の女
筧千佐子の正体
小野一光

夫や交際相手11人の死亡で数億円の遺産を手にした筧千佐子。なぜ男たちは「普通のオバちゃん」の虜になった？　稀代の悪女の闇に迫るインタビュー。

803円

## 嘘だらけでも、恋は恋。
草凪優
書き下ろし

元ヤクザ・崎谷の前に突然下着姿で現れたホステス・カンナ。魂をさらけ出すような彼女のセックスに溺れていく崎谷だが、やがて不信感を覚え始め——。

803円

## 時代

## 入舟長屋のおみわ　春の炎
江戸美人捕物帳
山本巧次
書き下ろし

北森下町のお美羽は火事の謎を、役者のように整った顔立ちの若旦那と探る……。切ない時代ミステリー！

803円

## 光と風の国で
お江戸甘味処　谷中はつねや
倉阪鬼一郎
書き下ろし

「紀州の特産品で銘菓をつくれ」それがはつねやの使命。音松は半年でいくつの菓子を仕上げられるか。さらに藩名にちなんだ「玉の浦」は銘菓と相成るか。

847円

## 信長の血涙
杉山大二郎

天下静謐の理想に燃える信長だが、その貧弱な兵力では尾張統一すらままならない。やがて織田家の家督を巡り弟・信勝謀反の報せが届くが……。涙もろく情に厚い、全く新しい織田信長を描く歴史長編。

979円

映画公開

## 決戦は日曜日
高嶋哲夫
書き下ろし

谷村は、大物議員の秘書。暮らしは安泰だったが、議員が病に倒れて一変する。後継に指名されたのが議員の一人娘、自由奔放で世間知らずの有美なのだ——。全く新たなポリティカルコメディ。

693円

# どうしても生きてる
朝井リョウ

781円

**鬱屈を抱え生きぬく人々の姿を活写した、心が疼く作品集。**

死んでしまいたい、と思うとき、そこに明確な理由はない。心は答え合わせなどできない。(「健やかな論理」)性別、容姿、家庭環境。生まれたときに引かされる籤は、どんな枝にも結べない。(籤)など全六編。

# 明け方の若者たち
カツセマサヒコ

北村匠海主演で映画化!

605円

**人生のマジックアワーを描いた、20代の青春譚。**

明大前で開かれた退屈な飲み会。そこで出会った彼女に、一瞬で恋をした。世界が彼女で満たされる一方、社会人になった僕は〝こんなハズじゃなかった人生〟に打ちのめされていく――。

表示の価格はすべて税込価格です。

幻冬舎 〒151-0051 東京都渋谷区千駄ヶ谷4-9-7 Tel.03-5411-6222 Fax.03-5411-6233
幻冬舎ホームページアドレス https://www.gentosha.co.jp/

痩せぎすな体だった。胸は平坦で、尻は小さい。それでもじっくり眺めていると、グラマーなボディとはまた別の種類の、女らしさを感じた。

強く抱きしめると折れてしまいそうな細さが、エロティックだった。か弱さが艶だった。肌色も、カンナに負けないくらい白い。カンナの素肌は雪のようだが、リエの素肌には透き通るような透明感がある。

さらにもう一点、見所があった。陰毛が異様に濃かった。色白のせいで目立った。手入れをまったくしていないようで、獣じみていた。彫りの深い美しい顔立ちや、モデルのようなスレンダースタイルと、卑猥なハレーションを起こしている。

リエも自覚があるのだろう。崎谷がその部分に熱い視線を送りこんでいると、両手で覆い隠した。

「電気、消していいですか？」

部屋には蛍光灯がついていた。

崎谷は首を横に振り、手招きした。

「こっちに来いよ」

リエは戸惑いながら、一歩、二歩、と近づいてきた。胸と股間を手で隠し、情けない中腰になっている。

「少し、訊きたいことがあるんだ……話がしたい」

崎谷はできるだけやさしくささやきかけた。

リエの顔に困惑が浮かぶ。すぐにセックスを始めないなら、なぜ裸にならなければならなかったのか──彼女の顔にはそう書いてあった。

彼女だけ裸にした理由の一割は、芸術品のように美しいであろうヌードを、じっくり鑑賞してみたかったから。

残りの九割は、男も女も、裸にすると素直になるからだ。自分だけが生まれたままの姿という状況に、人間は弱い。どれだけガタイのいい不良でも、服を奪って全裸にしてしまえば、なんでもペラペラよくしゃべる。

「アキトシって男、知ってるか？」

崎谷は静かに訊ねた。

「年は三十代半ば。痩せ型の中背。顔色が悪くて、髪は耳にかかってたな……最大の特徴は、右足を引きずっていることだ。俺には地まわりに見えた。やくざだよ。正式に盃を受けているかどうかはわからないが、そういう男に心あたりはないか？」

リエは首を横に振った。表情は変わらなかった。

「地まわりに知りあいはいない？」

もう一度、首を横に振る。

あまりにもきっぱりした態度なのが、逆に不自然だった。狭い田舎町で水商売に従事していて、やくざとまったく無関係でいられるだろうか。興味がなくても、向こうから近づいてくるだろう。リエのような美女ならなおさらだ。

もちろん、誰も彼もがずぶずぶの関係ではない。いまの世の中、そういう人間のほうが少数派と言っていい。それでも、噂くらいは嫌でも耳に入ってくるのではないか。

「アキトシって男は……」

崎谷が質問を続けようとすると、

「知りません！」

リエは遮り、挑むように睨んできた。

「そんなことより、抱くなら早く抱いてもらえませんか？　わたしばっかり裸でいるの、恥ずかしいです」

両手で股間を覆い隠した。獣じみた陰毛はすっかり隠れたが、かわりにピンク色の乳首が露(あら)わになった。

崎谷は表情を険しくした。

彼女はあきらかにムキになっていた。

あの男を知っているのだろうか。それ以外に、ここまでムキになる必要があるのか。にわかに判断がつかなかった。つまりグレイ——白黒はっきりさせる必要があるということだ。

「焦るなよ……」

崎谷はふっと笑いかけた。

「セックスなんていつでも始められる……それより、浴衣はもってるかい？」

「えっ？」

「夏祭りのときに着るやつだよ」

「クローゼットに……入ってますけど……」

崎谷は立ちあがり、クローゼットの扉を開けた。部屋の雰囲気とは裏腹に、ずいぶんと物が詰めこまれてゴチャゴチャしていた。

ハンガーに掛かっているのは、ドレスや洋服ばかりだった。その下に、引きだし付きの収納ボックスがいくつか置かれていた。

「そこに入ってますけど……」

リエが言い、引きだしを開けてみると入っていた。

白地に水色の花唐草をあしらった、涼やかなデザインの浴衣だった。リエによく似合いそうだったが、崎谷が探していたのは浴衣そのものではなかった。

浴衣の着つけには紐がいる。最低でも二本。帯以外にだ。

見つかった。

崎谷がそれを手にして振り返ると、

「なっ、なにするつもりですか？」

リエは裸身を震わせて訊ねてきた。

「心配するな。おとなしくしてりゃ、痛くはしないよ」

崎谷は笑いかけたが、リエの顔は限界までひきつっていた。反省した。こういう場面で残忍な笑顔を浮かべてしまうのは、昔からのよくない癖だ。

## 7

久しぶりにやったので、ちょっと手間取った。

約束なので、痛くはしなかった。二本の紐を使って、両手を背中で拘束し、両脚を閉じることができないようにしただけだ。

「いい格好だぜ」

笑うまい、と思っていても、崎谷の口許には笑みがこぼれた。

「こういうのは、ツンと澄ました美人ほどいやらしくなる。ぴったりだ」

「ううう……」

痛くしなかったにもかかわらず、リエの顔は苦悶に歪んでいる。ベッドのヘッドボードにもたれかかるようにして座らせてあった。両手は背中なので、ピンク色の乳首が見えている。両脚を閉じることができないから、女の恥部という恥部がすべて露わになっている。

全裸にしただけではだんまりを決めこんでいた人間も、ここまでやれば普通は心が折れるものだ。

彼女の濃い陰毛は、性器のまわりまで流れこんでいた。行儀よく口を閉じているアーモンドピンクの花が、海草の中にいる二枚貝を彷彿とさせた。

見たところ乾いていた。男にこれをやればペニスが縮こまるが、女は濡れる場合がある。体がレイプに備えるのだ。不本意な性交とはいえ、濡れていない状態で無理やり男根をねじこまれると、膣が傷つく。

「なっ、なんでこんなことするんですかっ！」

リエの声が大きかったので、崎谷はその唇の前に人差し指を立てた。

「このアパート、そんなに壁が厚くないだろう？　大声を出すなら、猿轡もしなくちゃならない」

リエが唇を噛みしめる。

「心配しなくても、素直に質問に答えてくれれば、すぐに自由にしてやる」

リエは納得がいかないようだった。気持ちはわからなくもないが、こちらはそのために金を払ったのである。セックスも泊まることも、ハナから目的ではない。話さえ聞ければ、それでいい。

「できるよな？」

頰に手のひらをあてた。紅潮していて熱かった。

「質問に答えるだけでいいんだ。ただし、嘘や知らないふりはなしだ。どんな細かいことでもいい。思いだして答えてくれ」

「わたし……なにも知りませんから……」

「アキトシって男をかい？　直接知らなくてもいい。面識がなくてもいいんだ。足を引きずっている地まわりだよ。噂でもなんでも、聞いたことはないか？」

「本当に知りません」

「ひとりくらい、地まわりの知りあいがいるだろう？」

「いません！　やくざの知りあいなんて……」

紅潮した顔をそむける。

こう見えて、頑固なのかもしれなかった。恥辱に顔を真っ赤にしているわりには、心が折れていない。手も脚も出ない状態で性器をさらけだしているのに、媚びを売ってやさしくしてもらおうというところが、一ミリも感じられない。

意外にヤンキーあがりで、修羅場に慣れているのかもしれなかった。べつに意外ではないか、と内心で苦笑がもれた。町いちばんの美女が元ヤン——よくある話だ。

崎谷は立ちあがり、クローゼットに向かった。扉は開けっ放しだった。収納ボックスの中を探り、ベッドに戻った。

崎谷が手にしているものを見て、リエの顔はこわばった。

「見逃してもらえると思ったかい？」

紫色のごついヴァイブレーターとピンクローターだった。タオルに挟まれて隠されていた。大切にしまわれていた、と言ったほうが正確か。

綺麗な顔をしているくせに、性欲は人並み以上にあるらしい。綺麗な顔をしているから、年端のいかないころから寄ってたかって性感を開発されたのか。いずれにしろ、かなりの好き者のようだった。援助の話にあっさり乗ってきたのも、ただ単に金が欲しかったからだけではないのかもしれない。

「舐めろ」

ヴァイブを口許に突きつけた。

「わかっていると思うが、しっかり唾つけねえと、痛い思いをするのは自分だぜ」

リエは悔しげな眼つきをしながらも、口を開いた。限界までだ。それほどそのヴァイブは長大だった。

ただ大きいだけではなく、エラの張りだし方がえげつない。肉胴にはびっしりとグロテスクな突起がついている。

もう少し遠慮したデザインのものを選べなかったのか、と胸底でつぶやく。こんなものに慣れてしまったら、生身の男根が物足りなくなるのではないか。

口唇に咥えているだけで、リエの顔には脂汗が滲んできた。抜き差ししてやると、うぐうぐと鼻奥で悶えた。

スムーズに挿入できるほど唾液をまとったとはいえなかったが、崎谷はリエの口からヴァイブを抜いた。左手をひろげ、ぶっ、と唾を吐きかけた。それをそのまま、リエの股間に塗りたくってやる。貝肉質の花びらが、ヌルヌルになっていく。

「いっ、入れるんですか？」

紅潮した頬をひきつらせて、リエが怖々と訊ねてきた。

「夜のバディだろ？」

「わたしいつも、入れてないんですけど……」

「どういう意味だ？」

「だから、その……入れないで使ってるんです」

彼女の自慰のやり方など、崎谷の知ったことではなかった。このくだらない茶番に付き合いたくないなら、洗いざらいしゃべればいいだけだ。本当になにも知らないなら、せめて号泣すべきだろう。

女の割れ目にヴァイブを押しつけた。簡単には入りそうもなかった。花びらの表面こそ唾液を塗りつけたが、奥は乾いているに違いない。ヴァイブの先端についているリエの唾液も、どう見ても心許ない。

「アキトシっていうのは、美人局をやってるらしいんだ。女を抱かせて、あとから強請る。聞いたことないか？　そんな話……」

言いながら、浅瀬を穿った。強くはしなかったが、しつこく続けた。花びらの合わせ目を指でひろげ、薄桃色の粘膜を刺激した。五分ほど続けていると、すべりがよくなり、入りそうな手応えがヴァイブを持つ手に伝わってきた。思いきって強く押しこむと、ずぶずぶと入っていった。

「くっ、くぅううっ……」

リエが白い喉を突きだした。崎谷は笑ってしまいそうになった。なにが入れないで使っているだ。リエの顔を見ると、眉根を寄せ、眼の下をねっとりと紅潮させていた。ヴァイブを咥えこんだ瞬間、牝の顔に豹変した。

これは筋金入りの好き者だ——半ば呆れながら、ヴァイブを抜き差しした。程なくして、ずちゅっ、ぐちゅっ、と音がたちはじめた。肉穴の深いところで、新鮮な蜜が分泌されている証拠だった。

「くぅううっ……くぅううううーっ！」

リエは首に筋を浮かべて、声をこらえている。それでも、感じているのは一目瞭然で、ハアハアと息が昂ぶっていく。細い体をしきりによじらせ、シーツをつかむように足指を内側に丸めこむ。

ずちゅっぐちゅっ、ずちゅっぐちゅっ、という肉ずれ音が高まり、リエの腰が揺らぎはじめたので、

「忠告しとくが……」

崎谷はヴァイブを動かしながらささやいた。

「イキそうになっても、我慢したほうがいいぜ。一度イッたらイキッぱなしになる。おまえがイッても、俺は手を休めない。苦しいらしいぜ。イッてもイッても、力ずくでイカされる

のは……」

「ゆっ、許してっ……」

吊り眼がちなリエの眼尻が、ようやく垂れた。しかしそれは、哀願の表情ではなかった。

「ああっ、ダメッ……ダメですっ……」

気がつけば、腰が大胆に動いていた。もはや揺らぎなどという、可愛らしい表現は使えなかった。崎谷がヴァイブを抜き差しするリズムに合わせて、クイッ、クイッ、と股間をしゃくっている。

「イッ、イグッ！　イグッ、イグッ……」

ビクンッ、と腰が跳ねあがった。手脚を拘束された不自由な体をよじらせて、リエはオルガスムスに駆けあがっていった。

絶頂のときだけ東北訛りが出るのが、妙にエロティックだった。

痩せぎすな細い四肢が、ガクガク、ぶるぶる、と震えている。イキ方が、ずいぶんと激しかった。もちろん、余韻を嚙みしめさせたりはしなかった。崎谷は予告通り、ヴァイブの抜き差しを継続した。

「ああああっ！　はぁあああぁーっ！」

リエの声が甲高くなったので、口の中にピンクローターを入れた。ただの悲鳴封じではなかった。発情してきたせいか、リエの口の中は唾液にまみれていた。今度はすぐに、ローターがたっぷりと唾液をまとった。

それを潤滑油にして、尻の穴に突っこんでやった。すかさず、ローターのスイッチをオンにした。リエが、カッと眼を見開いた。崎谷は彼女の口を手のひらで塞いだ。

「んぐううううーっ！　ふぐうううううーっ！」

リエがジタバタと暴れだす。崎谷は左手で彼女の口を押さえながら、右手でヴァイブの出し入れを続けた。

最初はそのサイズに頼っていたが、次第に扱い方がわかってきた。子宮をひしゃげさせる勢いで最奥をぐりぐり押し潰すと、リエはちぎれんばかりに首を振った。逆に、長さを活かして大きく抜いていくのも効果があるようだった。

エラの張りだし方がえげつないせいだろう。それを引っかけるようにして、奥から入口付近まで内側の肉壁を逆撫でにしてやると、リエは後ろ向きでバンジージャンプをさせられたように、

「ひぃいいいいいーっ！」

と情けない声をあげた。細い体をしならせながら、歓喜に打ち震えた。

あっという間に、三度続けて絶頂に達した。崎谷は休ませなかった。

リエの顔は茹でたように真っ赤に染まり、顔中に玉のような汗を浮かべていた。崎谷も似たようなものだったろう。鏡を見れば、鬼の形相の自分と対面できたに違いない。汗は眼に入ってくるし、ヴァイブを動かしている手は疲れてくるし、いったいなにをやっているのだろうと思った。女の性欲の底なし沼に嵌まっていく実感があった。

それでも、根比べで二十歳の小娘に負けるわけにはいかなかった。崎谷は舌なめずりしながら、悶え泣いているリエを睨めつけた。

## 8

攻防は一時間ほども続いただろうか。

「イッ、イグッ！　イグイグッ……すっ、すげえっ……気持ぢええっ……イグイグイグウウウーッ！」

途中そんなことを口走られ、淫乱の若牝に奉仕しているような苦い気分にもさせられたが、最終的にはきっちりツメた。

うるさい口にタオルを突っこみ、半狂乱になっても責めつづけた。肛門に入れたローターだけではなく、前の穴を責めているヴァイブのスイッチも入れた。二穴を振動するオモチャで刺激しながら、クリトリスも指でいじった。リエが漏らした大量の蜜は、彼女の股間の下に大きな水たまりをつくった。

何度目の絶頂のあとだろうか、タオルを突っこまれている口で、なにやらもごもご言いだした。いまにも白眼を剝きそうだった。タオルを口から抜いてやると、

「オッ、オマコ、壊れるっ……オマンコ、壊れてしまいますううっ……」

すっかり焦点の合わなくなった眼でこちらを見つめ、盛大に涎を垂らしながら言った。

崎谷が聞きたいのは、そんなことではなかった。もう一度、タオルを口に戻そうとすると、

「つっ、美人局なら……」

リエは焦って口走った。

「美人局の話なら、ちょっとだけ聞いたことがありますっ……」

崎谷はヴァイブとローターのスイッチを切った。ヴァイブを手で動かすのもやめた。抜いてはいなくても、リエはだいぶ楽になったようだった。

彼女の呼吸が整うまで、崎谷はしばらく待ってやった。刺激を中断しても、身をよじらせていたし、あえぎ声もとまらなかった。肩で息をしながら、ボロボロと涙をこぼしていた。ピンク色に輝いていそうな、喜悦の涙だ。

「なぜいままで我慢した？」

崎谷はせせら笑いながら言ってやった。

「せっかくだから、拷問を受けるふりして、気持ちよくなってやろうと思ったのかい？」

その指摘は、核心をついているはずだった。実際、彼女は何度となくオルガスムスを嚙みしめていた。拷問と呼ぶにはサービス過剰で、奉仕活動に近かった。

しかし、リエはうなずくどころか、涙眼でこちらを睨んできた。

「やっ、やくざの娘なら……なにをしてもいいんですか？」

一瞬、言葉の意味がわからなかった。

「あなた、知っててやってるでしょ？　わたしの父親が地まわりだって……」

「……どういうことだ？」

「言葉のままですよ。アキトシって人なんて知りません。父親以外にやくざで知ってる人なんていませんから！　わたし、やくざが大っ嫌いなんです……やくざのことなんて口にしたくもないんですよ！」

口調は強気そのものでも、リエの眼からは、ひと筋の涙がこぼれ落ちた。今度は、喜悦の涙ではなかった。

「なぜそこまで嫌う？」

「普通嫌うでしょ？　やくざなんて、人に寄生してるだけのダニじゃないですか。暴力で人を怯えさせてるだけのウジ虫じゃないですか……」

「それでも父親なんだろう？」

「ハッ、父親らしいことなんてなにもしてもらってないですよ。逆にわたしは……子供のころからまわり中に避けられて、友達ひとりできない……はっきり言って、いじめられてる子が羨ましかったくらい。わたしはひとり、いじめられることもない透明人間。いじめられてる子を助けようとしても、避けられるんですよ。いじめられてる子のほうに！」

崎谷は言葉を返せなかった。なるほど、やくざにそこまでの恨みがあれば、意地になって限界まで色責めに耐えることも考えられるか……。

とはいえ、同情している場合ではなかった。リエの話は同情に値するものだったが、赤の他人にしてやれることはなにもない。

「暑いな……」

部屋は窓を閉めきっているうえに、エアコンもつけていなかった。崎谷はリモコンに手を伸ばすのではなく、汗ばんだシャツを脱いだ。インナーのTシャツもだ。

背中に背負った黒い鯉を見て、リエがハッと眼を見開く。

「俺もおまえの親父さんと同じ稼業なんだ……娘なら、ダニやウジ虫の生態をよく知ってるだろう？　嫌われ者でかまわない。人の迷惑なんて考えない。でもな、欲しいものはどんなことをしてでも手に入れる……」

眼尻が切れそうなほど眼を見開いているリエの顔に、手を伸ばした。頬を手のひらで包むと、熱く火照っていた。汗と涙で湿ってもいた。

「オマンコ壊されたくなかったら、美人局について知ってること、全部話せ」

リエの顔は可哀相なくらいひきつっていった。瞳に恐怖と怯えが浮かんでいた。ただ、それだけではなかった。もっと別の感情もうかがえたが、それがどんな感情なのか、そのときはわからなかった。

崎谷はヴァイブとローターをやさしく抜いてやった。背中のスミを見せて威嚇しつつも、決しておまえを虐げたいわけではない――そう伝えるためだった。

伝わったようだった。

「店の女の子から、噂話を聞いただけですよ……」

リエは急にしおらしい口調で言った。

「どんな噂話だ?」

「嘘か本当かわかりませんよ。わたしだって最初聞いたとき、なにそれ? 都市伝説? って思いましたから……」

「いいから言えよ」

「お金持ちのお年寄りを狙った美人局、って話です……」

「ほう」

「隣の県の温泉地でそういうことがあったって……表沙汰にはなってないみたいですけど……」

「隣の県？　遠いな」

「やってる子が、近くで働いてるらしいんです。それでこっちでも噂になって……」

「知りあいか？」

「違います！」

「どこの店なんだ？」

「知りませんよ。わたしに話した子も、わからないって言ってたし……」

リエが言葉を切ると、部屋を静寂が支配した。崎谷が言葉を発しなかったからだ。黙って彼女の眼を見ていた。嘘と本当を見極めるために……。

「いいかい？　俺はいま、自分でも怖いくらいに疑り深くなっている。手負いの獣みたいに、神経がひりひりしているんだ」

リエの顔がぐにゃりと歪み、

「じゃあもう殺してくださいよっ！」

叫ぶと同時に嗚咽をもらしはじめた。大粒の涙も盛大に流す。号泣だ。

「やくざなんでしょう？　殺せばいいじゃないですかっ……わたしは嘘を言ってませんっ……嘘だと思うなら、ひと思いにっ……」

「殺さないよ」

崎谷はヴァイブをつかみ、先端をリエの鼻先に突きつけた。

「一時間で素直になれないなら二時間、二時間で素直になれないなら三時間……なんなら一日中、可愛がってやってもいい。俺ぁしつこいぜ。しつこくねえとダニやウジ虫は生き残れねえからな」

リエが下を向こうとしたので、崎谷はヴァイブの先端でおでこを押した。

「オマンコが壊れそうだと、おまえは言った。本当に壊れた状態が、どういうものか知ってるかい？　オマンコってのは筋肉なんだが、筋が切れるんだよ。いわゆるガバガバのさらに上……そうなると、チンポを入れても、お湯にぽちゃんって浸けてるみたいだって話を聞いたことがある。こんなヴァイブじゃ、気持ちよくなれねえだろうな。腕でも入れねえと……フィストファックだ」

リエはしゃくりあげながら、呆然と崎谷を見つめてきた。濡れた瞳に、冷たい諦観がひろがっていく。

「だから嘘なんかついてませんよ！　高級な温泉旅館って、離れがあったりするじゃないですか？　そうじゃなくても独立性が高いというか、広い庭に縁側が面していたり……」

「そうなのかい？」

「そこに転がりこんでいくらしいです。夜中に……裸で……乱暴されたから助けてくださいって……」

崎谷はゆっくりと息を吸い、吐いた。

「そうなるとどうなるんだい？」

「お金持ちのお爺ちゃんがひとりで滞在しているところを狙うんです。旅館のフロントや警察に連絡しようとしても、それはやめてって言って……」

「なぜ？」

「ひと晩匿ってもらっている間に、エッチしちゃうんでしょ」

「そんなにうまくいくのかな？」

「知りませんよ、そんなこと！」

「うまくいくのかな？」

「にっ、二千万とか三千万とか、とにかくすごい額をとったって……」

「大金だ」

「噂ですから、本当かどうか知りませんよ」

「なんでそんな大金、払っちまうんだろうな？」

「だから知りませんって！」

「考えろ！」

崎谷はヴァイブの先端で、リエの唇をめくった。綺麗なピンク色の歯茎をぐりぐりしてやると、リエは嫌がって顔を振った。

「その金持ちの爺さんは、なぜ二千万も三千万も払った？　考えるんだ。オマンコをお湯ぽちゃにされたくなかったら、死に物狂いで考えろ。脳味噌にＳＯＳを送れ。答えを出さないと生まれてきたことを後悔する目に遭いそうだと、緊急事態を知らせてやるんだ」

リエは泣き笑いのような顔になり、唇をぶるぶると震わせた。

「……恋」

「なんだって？」

「お爺ちゃん、その子に恋をしたんじゃないですか……」

「美人局の女にか？」

「……はい」

「なぜそう思う？」

「だって……そんなに被害額が大きいのに、ニュースになってないんですよ。他にもたぶん、被害者はいるはずなのに……被害者のほうが美人局の子に気を遣ってるとしか、考えられないじゃないですか……」

リエが言葉を切ると、時間がとまったような感覚があった。

崎谷はふーっと深い息をひとつつくと、ベッドから降りた。ふらふらとキッチンに向かい、冷蔵庫を開けた。缶ビールを取りだし、プルタブを開けて飲んだ。冷気と炭酸の刺激だけは喉に感じたが、味はしなかった。

「おまえも飲むか？」

リエを見た。うなずいた。

近づいていき、口許で缶を傾けて飲ませてやった。リエは喉を小さく動かし、ビールを飲みこんだ。飲みおえると、ケホッと小さく咳をした。

「あのう……」

強い眼で見つめてきた。先ほどまで白眼を剝きそうな勢いでイキまくっていた女とは思えない、挑むような眼つきだった。

「わたし、全部話しました」

「だから？」

「紐、といてください」

「といてもらえると思うのか？」

視線と視線がぶつかった。リエは呼吸をしていなかった。長い睫毛が、ゆっくりと下を向いた。視線が、崎谷の股間をとらえた。

崎谷は勃起していた。生地の硬いジーンズを穿いているにもかかわらず、隆起しているのが見た目にもはっきりとわかるほどだった。

「まさか……これからわたしのこと……犯さないですよね？」

崎谷の顔は熱くなった。

リエがもう少し弱い女であったなら、こんなことにはなっていなかった。

崎谷は女を色責めになんてしたくなかった。ただ、情報は得たかった。〈鮨処やえがし〉の大将が知っているような話なら、界隈のホステスだって小耳に挟んだことがあるはずだと思った。

実際、そうだった。

しかし、こんなはずではなかった。

崎谷の計算では、手脚の自由を奪った段階で、リエの心は折れているはずだった。女の恥部という恥部をみじめな格好でさらしものにすれば、涙ながらにすべてを話すと思った。話を聞けば、もう彼女に用はなかった。セックスするつもりもなければ、泊まるつもりもありはしなかった。

「おまえ……すごい根性だな。そりゃあやっぱり、極道の血か？」

崎谷はリエの頬に手のひらをあてた。リエは顔を振り、それを払った。

「最初から、抱くつもりなんかなかったんだ。話を聞くだけでよかった。でもな、そこまでの根性見せられると、自分の道具でひいひい言わせたくなってくるぜ……」

「むっ、無理っ……」

リエの顔が限界までひきつっていく。

「もっ、もう無理……できません……今日はもう許して……」

「つれないこと言うなよ」

崎谷は笑いかけた。よほど残忍な笑い方だったのか、リエは眼をそむけた。

「こんなに犯したいなんて、恋なのかもしれないなあ……ああ、恋だよ……きっとこれが恋ってやつに違いない……」

言いながら、自分の股間をまさぐった。こんな場面で自分が勃起していることに、崎谷は心臓を鷲づかみにされたような衝撃を受けていた。

リエの心がなかなか折れないから、色責めがエスカレートしてしまった。

色責めなんかしたくなかった。それでも、一度振りあげた拳を途中でおろすわけにはいかなかった。

情報を得るためだ——自分に言い聞かせた。

部屋住み時代にキャバクラ嬢を輪姦したのとは訳が違う。どうしても必要な情報だった。カンナの本性を暴かないわけにはいかなかった。

しかし、色責めがエスカレートしていくにつれ、それに淫していくにつれ、カンナのことなんてどうでもよくなっていった。

暗い欲望がふつふつと身の底からこみあげてきて、刻一刻と残酷な気分になっていった。本当に色責めなんてしたくないなら、あそこまでするわけがなかった。他にもいくらだって、やり方はあったはずだ。

リエが予想を超えた淫乱だったことも、うまくない巡りあわせだった。暗い欲望の炎に、次々と薪がくべられていった。

おかげで向きあわされることになった。

いちばん向きあいたくなかった、鬼畜じみた自分の獣性と……。

# 第四章　慟哭

## 1

夜が明けてきた。

白く濁っていた空がみるみるうちに青く染まっていったので、崎谷はしばし路上に立ちつくし、仰ぎ見てしまった。

この土地に来て、初めて見た青空だった。雲ひとつなく、やがて太陽の光まで清らかに降り注いできた。

山間の温泉旅館に投宿してから二週間以上、雨模様の日が続いていた。いつまで経っても気分が晴れないのは、鈍色（にびいろ）の雲ばかりが垂れこめているこの梅雨空のせいだ——八つ当たりをしたくなったことが何度もある。

しかし、澄み渡った青空を見上げたところで、気分が晴れることはなかった。晴れるわけがない。

崎谷はもう二、三時間も歩きつづけていた。リエの部屋を出たとき、あたりはまだ真っ暗だった。位置確認もしないまま適当に歩きはじめたので、気がつけば道に迷っていた。最初のうちは、気にしていなかった。むしろ、歩きつづけることが優先だった。どうせ行くあてのない人生だと、ムキになって早足で歩いた。

勃起を鎮めるためだ。

崎谷は結局、リエを犯さなかった。縛った紐をといてやり、五万円ばかり追加料金を渡して部屋を出ようとした。リエは受けとろうとしなかった。それどころか、セックスをしてないのだからと、最初に渡した五万まで返そうとした。もちろん、崎谷は受けとらなかったが……。

なぜリエを抱かなかったのか、いま思い返してもよくわからない。

崎谷は興奮していた。

頭に血が昇っていたし、痛いくらいに勃起していた。

目の前では、極上の美女が手も脚も出ない状態で性器をさらし、蜜を漏らしていた。冷静ではいられなかったし、いる必要もなかった。それまでさんざんひどい目に遭わせておきながら、突然紳士に豹変するのもおかしな話だった。獣性を剥きだしにしてむしゃぶりついていったほうが、むしろ行動に一貫性があっただろう。

リエはセックスを強要されることを恐れていたが、あれは嘘だ。

たしかに、ヴァイブによる執拗な責めで、これ以上イッたらおかしくなってしまうというところまで追いこんだ。「オマンコ、壊れる……」というのは、嘘偽りのない、彼女の心からの叫びだったはずだ。

しかし、その後、眼の色が変わった。最初は気づかなかった。崎谷が背中の刺青を見せたときに、リエの中で変化があったのだ。

決定的だったのは、美人局について知っている情報をすべて吐かせたあとだった。「もう無理……できません……」と怯えたように言いながら、眼つきが完全に欲情していた。欲情しきっていた。

おそらく……。

彼女はやくざ者に対して憎悪や怨嗟があると同時に、憧憬もあるのだ。無意識にかもしれないが、ダニ、ウジ虫、と蔑んでいる存在にメチャクチャに犯されたいという願望がある。

理由ははっきりしている。

父親だ。ファザコンなのである。

リエは故郷に二度と帰らない覚悟で上京し、けれども半年もたずに心が折れて、帰ってきてしまったらしい。東京に行ったら逆に、故郷が恋しくてしかたがなくなったと言っていた。いじめられっ子を羨ましく思うほど虐げられて育った土地が、恋しくなるわけがなかった。父親を恋しくなったと解釈したほうが、よほど腑に落ちる。どれほど口汚く罵ったところで、彼女は父親に身悶えするほど恋してる。

やくざを憎悪しながらやくざに欲情しているリエは、すさまじい色香を放っていた。この女とまぐわえば、想像を絶するほどの快楽に溺れることができるかもしれない——そんな予感すらしたくらいだ。

それでも結局、崎谷はなにもしなかった。

これ以上自分の獣性と向きあうのがつらかったからだと、リエの部屋をあとにした直後には考えていた。そういう理由も、たしかにあった。だが、それだけではなかった。汗びっしょりになるまで歩きつづけても鎮まらない勃起に往生しながら、やがて気づいた。

犯したい女が、他にいたのである。

リエにやったやり方など生ぬるい。可愛いサイズのローターではなく、ぶっといヴァイブのほうを肛門に入れ、そのうえで犯し抜きたい女がいた。泣きわめく彼女の顔面を、力まかせに張り倒してやりたかった。眼尻が切れ、鼻血を流し、双頬が紫色に腫れあがっても許さない。ふた目と見られない醜い顔にしてなお、精根尽き果てるまで男根で滅多刺しにしてやりたい。

本当に、カンナが自分を嵌めようとしていたのなら……。

疑惑の眼をもって検証してみれば、彼女の行動は不自然なことだらけと言っていい。下着姿で温泉宿に転がりこんでくる、乱暴は受けたが警察には通報するな、自分もこの宿に泊まりたい、お礼に抱いてもいい……。

美人局というキーワードをそこに入れてみると、なにもかもすっきりと解釈できる。もちろんそのかわり、それまで真っ白だったオセロのボードが、真っ黒にひっくり返ってしまうわけだが……。

〈鮨処やえがし〉の大将やリエの言葉を、そのまま信じたわけではない。ふたりの口から語られたのは、あくまで噂話。夜の世界の噂話なんて、人から人に伝わるたびに、誇張に誇張を重ねて、真っ黒になっていくものだ。

黒い噂話なら、かつて崎谷にもまとわりついていたことがある。半グレを半ダースばかり意識不明の全身不随にし、ひとりをバラバラ死体にして海に撒いたというものだった。馬鹿馬鹿しい。喧嘩というのは、殺してしまったら局面が変わってしまう。寝たきりにするのもダメだ。その一歩手前でやめておかないと、収拾がつかなくなる。

カンナ……。

彼女の場合はどうだろうか。富裕層の年寄りを狙った美人局という話自体、都市伝説じみた誰かの創作であり、根も葉もない噂話に過ぎないのか。あるいは、もし万が一実在したとしても、カンナとは別人なのか。

考えたところで、答えなど出るはずがなかった。

空がいくら青く輝きだしても、答えは真っ黒い闇の中だった。

午前七時過ぎ、ようやくホテルに辿りついた。

結局、四時間以上も道に迷って歩きつづけていたことになる。リエのアパートが、繁華街の近くでなかったことが災いした。

行きは、〈パフューム〉の前からタクシーに乗った。アパートまで五、六分の距離だった。五、六分だろうとナメていた。

そのくらいなら歩けるはずだと高を括っていたわけだが、深夜の田舎町をクルマで飛ばせばかなり遠くまで行ける。おまけに方角もわからない。こういう場合、スマホを持っていないのは致命的だ。ガラケーではなんの役にも立たない。畑泥棒と勘違いして声をかけてきた農夫がいなければ、いまだ道に迷ったままだったろう。

空は晴れていても湿度は高く、シャツは絞れそうなほど汗でびしょびしょになっていた。両脚は鉛の足枷でもされているように重く、足の裏に鈍い痛みも感じた。思考回路はすでにショートし、ただ泥のように眠りたかった。

「崎谷さん……」

掠れた声に呼びとめられた。ホテルのフロント前、平置きの広い駐車場だった。ゴールドのアクアにもたれかかるようにして、黒いドレスの女がしゃがみこんでいた。

「よかったぁ……」

長い間しゃがんでいたのだろう、カンナは脚が痺れているようで、立ちあがろうとしてよろめいた。生まれたての仔鹿のようだった。いまにも転びそうになりながらこちらに近づいてきて、崎谷のシャツをつかんだ。

「事故とかに遭ったのかと思いましたよ……大丈夫だったんですか？」

彼女を見る自分の眼が、ひどく冷めていることに崎谷は気づいた。体は汗まみれなのに、体温が急激に低下していくのを感じた。

「そっちこそなにやってる？」

「なにって……待ってたんですけど……心配になって、夜中じゅうあちこち捜して……でも、もう疲れちゃって……」

「なぜ捜した？」

「意地悪言わないでくださいよぉ……」

カンナは泣き笑いのような顔になった。

「ゆうべ、ああいう話したから、怒っちゃったのかなあって……もしかして、ひとりでどっかに旅立っちゃったのかなあって……ホテルのフロントの人にチェックアウトしたのかって訊いても、相手にしてくれないし……」

上目遣いを向けられても、崎谷はにわかに言葉を返せなかった。

彼女の予想はあたっていた。ここで顔を合わせなければ、黙ってどこかへ行ってしまうつもりだった。汗だくになって四時間あまりも歩いていると、すべてがどうでもよくなってくるものだ。

宿に転がりこんできた迷い猫は、病気の疑いがあると思うことにした。無防備に接触していると、こちらまで感染してしまう。あくまで疑いの段階だが、陰性か陽性か判定するのも、それはそれで面倒だった。

カンナの本性を知りたくなかっただけかもしれないが……。

泥のように眠ることなんて、新幹線の座席でもできる。ホテルに戻ったら、荷物をまとめてすぐに出奔しようと思っていた。行き先なんてどこでもよかった。見知らぬ土地でありさえすれば……。

だが、会ってしまうと気が変わった。カンナのわざとらしい上目遣いを見ていると、身の底からエネルギーが沸々とこみあげてきた。ガソリンがエンプティ寸前だったエンジンに、ニトロをぶちこまれた気分だった。

「ちょっとドライブに付き合わないか？」

崎谷が声音をあらためて言うと、

「えっ……」

カンナはこわばった笑みを浮かべた。

「どこにドライブ？」

「見せたいものがある。待ってろ」

答えを待たずに、崎谷はホテルの建物に向かった。自動扉を開けて入っていくと、フロントに呼びとめられた。カンナが迷惑をかけた件かと思ったが、そうではなかった。

ミッドナイトブルーのスーツを渡された。襟高の白いワイシャツもある。どちらもクリーニング済みだった。愛想のない係の女に、崎谷は笑いかけた。昨日、面倒くさがらずに出しておいてよかった。

部屋に行ってスーツに着替えると、キャリーバッグを引きずって踵を返した。着ていた汗まみれのシャツとジーンズは、ゴミ箱に叩きこんだ。カンナが妙に気に入っていたことを、思いださなかったわけではない。思いだしたからこそ、捨てずにはいられなかった。服なんて、必要ならまた買えばいいだけだ。

2

カンナは助手席でおとなしくしていた。

崎谷が、話しかけるな、というオーラを出していたからだ。空疎なおしゃべりをしているくらいなら、運転に集中したかった。

どこまでもまっすぐな道が続く単調な田舎道でも、空が青いとやはり気分が違う。自然とアクセルを踏む足に力がこもっていく。

東京にいたときに乗っていたのは、レクサスRC350、2ドアのスポーツクーペだ。借金のカタにとりあげたものだが、よく走ってくれた。高速を飛ばして地方に行くこともよくあった。甲本には、助手席に乗せるたびに馬鹿にされていたが……こりゃあ女を乗せるクルマだろ……。

「あのう……」

カンナがびくびくしながら声をかけてきた。

「もしかして、前に泊まってた旅館に向かってます？」

「そうだな」

「またあっちに移るんですか？」

「そうじゃない」

「それじゃあ……」

「黙ってろ」

視線も向けずに、崎谷は言った。

「クルマを降りたら、重労働が待ってる。体力を温存しとけ……」

「重労働って……」

カンナがボソッと言ったが、崎谷は無視した。

県道から細い道へと折れた。しばらく進むと、行く手が二手に分かれていた。そろそろ舗装されていない山道に入りそうだった。

左に行けば温泉旅館だが、崎谷は右にハンドルを切った。すぐに山道になった。かなりきつい上り勾配だった。やがて、眼下に温泉宿が見えてきた。敷地が三千坪もあるので隅から隅まで見渡すことはできなかったが、ポツンポツンと建っているいくつかの離れと、手入れの行き届いた庭が確認できた。

道がなくなるまで上り勾配を進んだ。雑木林に突きあたると、クルマを降りた。カンナの顔は暗色の不安だけに彩られていた。それでも黙ってついてきた。雑草を掻き分け、道なき道を進んでいく。

頭上に鬱蒼と木々が茂っているせいで、暗かった。長雨が続いた影響だろう、足元の雑草は例外なく湿り気を帯び、ズボンの裾があっという間に水を含んだ。

カンナはハイヒールなのに、文句を言わないでついてきた。その点に関しては、褒めてやってもよかった。革靴でも往生した。地面がやたらとすべって、ゴム長でも履いていない限り、歩きづらくてしようがないところだった。

それでもカンナがなにも言わなかったのは、崎谷が発しているオーラのせいだろう。話しかけるな、から、黙って従え、にシフトチェンジしていた。おまえには従う義務がある。理由は自分がいちばんよくわかっているだろう？

こんな茶番に黙って付き合っている時点で、カンナの化けの皮は剝がれたも同然だった。普通なら、嫌がる。怒りだしても、しかたがない。そういう反応がないのは、身に覚えがあるからだ。

「ちょっと待て」

途中で、枯れ葉の下に隠してあったパイプ柄のシャベルをピックアップした。新品で買ったばかりなのに、すでに錆が浮かんでいた。

それを杖代わりにして、さらに奥へと歩んでいく。

「どうしてシャベルが落ちてるのがわかったんですか？」

カンナが訊ねてきたが、崎谷は答えなかった。

「ここだ……」

息を切らしながら立ちどまった。カンナも息を切らしながらポカンとした。いままで歩いてきたのと変わらない、雑木林の中だった。ただ、木々の密集の仕方が、少しだけ違う。六畳ほどのほんの狭いスペースではあるが、土の地面が見えていた。

「ここに穴を掘ってくれないか」

ザクッ、とシャベルを地面に突き刺した。

「わたしが……ですか？」

「ああ」

崎谷は無愛想にうなずいて、カンナから離れた。平らな石があった。表面が湿って黒くなっていたが、かまわず腰をおろした。顔中に汗がしたたっていた。手のひらで拭っても拭っても、きりがない。

「穴を掘ってどうするんですか？」

カンナが訊ねてくる。

「掘ればわかる」

崎谷が眼を向けると、カンナは息を呑んだ。殺意を込めて睨んだからだ。口許には残忍な笑みを浮かべて……。

「アッ、アハハ……わたし、穴掘るの得意だから、いいですけどね……うちの実家、半農だって言いましたよね？　子供のころ、よく手伝わされてたんですよ……」

カンナは地面からシャベルを抜き、穴を掘りだした。口調をわざとらしいほど明るくしても、顔色は青ざめていくばかりだった。汗もひどかった。眼に入りそうになったのだろう、指でこするとマスカラとアイラインが流れ、眼の下が黒ずんだ。

「そんなに暑いなら、ドレスを脱げよ」

崎谷は声をかけた。

「汚れそうだし、脱いだほうがいい」

「大丈夫ですよ」

「脱いだほうがいい」

崎谷は抑揚のない声で繰り返した。

その声音に本気の圧力を感じたのだろう、

「……冗談ですよね？」

カンナが掘るのをやめてこちらを見た。

「下着になって掘れっていうんですか？」

「ああ」

崎谷は鼻で笑った。

「そのほうが効率もいいぜ」

カンナは言葉を返してこなかった。ザクッ、とシャベルを地面に突き刺すと、覚悟を決めるように何度か深呼吸してから、黒いドレスを脱ぎはじめた。薄暗い雑木林の中で見ると、素肌の白さが際立った。

ブラジャーは白だった。デコルテがシースルーのドレスなので、肩にかけるストラップはなく、谷間の見えるハーフカップ。素材はシルクかサテンだろう。つやつやした光沢を放っている。

ショーツも揃いの白だった。素材で高級感を、バックレースで可憐さを演出したデザインだったが、その上に黒いパンティストッキングを穿いていた。ブラとショーツで清純ぶっても、パンストのせいですべてが台無しだった。無様で滑稽としか言い様がない格好で、カンナは穴掘りを再開した。

薄暗い雑木林の中に、ザクッ、ザクッ、という音だけが響く。先ほどまで青ざめていたカンナの顔は、次第に紅潮していった。力仕事をしているせいもあるのだろうが、パンスト姿が男の眼にどう映っているのかわかっているのだろう。

そのうち、涙を流しはじめた。悔し涙だ。

「なんでこんなことさせるんですかっ！」

涙眼をこちらに向け、吠えるように言った。

「せめて理由を教えてくださいよ。訳わかんない、もう……」

「おまえ、美人局だろう？」

崎谷は低い声で返した。

「俺を嵌めようとしたんだよな？」

カンナの表情は一瞬、凍りついたように固まり、

「なっ……なにを言ってるんですか？」

激しく声を震わせた。

「つっ、美人局ってなんですか？　わたしが崎谷さんを嵌めるわけないでしょ？　どこからそんな話が湧いてきたんですか？」

「町から離れた温泉宿に……」

崎谷は低い声で言葉を継いだ。

「えげつない美人局が出るっていう噂を聞いた。手口が面白い。夜中、裸で宿に転がりこんでくるらしい。助けてくださいって……乱暴されそうになりましたって……」

「ただの噂でしょ、そんなのっ！」

カンナは真っ赤になって言い返してきた。必死に眼を吊りあげようとしていた。黒いパンストに白いショーツが透けた姿では、まるで迫力がなかったが……。

「おまえの手口と一緒じゃないか」

「わたしだっていう証拠はあるんですか？」

「あるよ」

崎谷はうなずき、

「そこにアキトシが埋まってる」

カンナの足元を指差した。自分が掘っていた穴を見たカンナは、「ひっ！」と声をもらして後退った。膝を震わせて、尻餅をついた。パンスト姿が、ますます無様で滑稽になった。

「死ぬ前に全部ウタッた。しらばっくれても……ダメだ」

カンナは身をすくめている。華奢な双肩が小刻みに震えている。

「掘れよ」

崎谷はささやくように言った。

「掘ってアキトシの顔を拝め」

しばらくの間、カンナは動かず、言葉も返してこなかった。唇まで青ざめさせ、顔中に汗をしたたらせていた。汗の粒がポタポタと落ちていく様子まで見えた。

「わっ、わたし、殺されますか？」

化けの皮が完全に剝がれた瞬間だった。

「掘れ」

「さっ、崎谷さん、わたしっ……」

「掘れって言ってんだっ！」

崎谷は怒声をあげて立ちあがった。カンナは「きゃっ！」と悲鳴をあげてのけぞった。一歩、二歩、と近づいていくと、あわてて立ちあがり、体中をぶるぶると震わせながら穴を掘りはじめた。

「こっ、殺さないでっ……殺さないでくださいっ……」

ザッ、ザッ、と穴を掘りながら、大粒の涙をこぼす。

「美人局をやってたのを認めるな？」

「ごめんなさいっ……ごめんなさいっ……」

「殺しはしないから安心しろ……」

崎谷は笑った。

「中国に行って体中の臓器を抜かれるか、カンボジアあたりでオマンコが腐るまで売春するか、好きなほうを選ばせてやる」

「違うんですよぉ……」

カンナが穴を掘るのをやめて、涙眼を向けてくる。腰が抜けそうになっているらしく、土に刺したシャベルをつかんでかろうじて立っている。

「わたし、間違って崎谷さんのところに行っちゃったんです……」

「……旅館の話か？」

「そうです。本当はもっとお爺ちゃんがいる離れに行く予定だったんです」

「やり直せばよかったじゃないか？」

崎谷は鼻で笑った。

「俺はそれを勧めたはずだ」

「だから、その……崎谷さんが気に入ったから、やり直さなかったんです」

「どういう意味だ？」

「どういうって……」

「気に入ったから美人局のターゲットにする……普通は逆だろ？　気に入ったなら、ターゲットからはずす。間違えてるなら、なおさらだ」

「ひと目惚れっていうか……」

「ナメてるな？」

「違いますって。美人局で脅すためには、いろいろしないといけないでしょ。それを……したかったというか……」

「ハッ、そんな与太話で言いくるめられると思ってるのか？　おまえは俺をとことんナメてる……」

　肩を押して体を反転させ、ブラジャーのホックを力まかせにはずした。生地が破れる音がしたが、かまわず毟りとり、ストッキングとショーツも足首までさげた。

「しゃがむなっ！　立ってろっ！」

　乱暴に髪をつかみ、しゃがませなかった。カンナは両手で胸と股間を隠そうとした。もちろん、そんなこともさせない。

「気をつけだ。シャンとしてないと、いまここで殺す」

「許してくださいよぉ……」

カンナは顔をくしゃくしゃにして泣いている。

「許さない。全裸のままそのへんの枝に吊るしてやる。白眼剝いて糞小便を垂らしながら事切れている画像を、ネットにさらす。憐れな娘の姿に、親は泣くだろうな。鬼畜なネット民は大喜びだろうが」

「ゆっ、許してっ……ください っ……」

「俺は冗談が嫌いなんだ。本当にやる」

「ううう っ……」

カンナはうつむき、太腿をこすりあわせはじめた。ツンと鼻を刺す、アンモニアの臭いがたちこめてきた。失禁してしまったらしい。

崎谷がまだ髪をつかんだままだったので、カンナは立ったまま小便を漏らしつづけなければならなかった。長々と漏らしていた。同情はしなかった。

「いつからやってる？」

「えっ……」

「美人局だよ」

「……一年、くらい」

「相当儲けただろ？」

「そんなこと……ないです」

「爺さんひとり咥えこむたびに、二、三千万強請りとってるんだもんな？」

「冗談でしょ……」

啞然とした顔を向けてきた。

「アキトシくんがそう言ったんですか？　三百万とか五百万って聞きましたけど……わたしの取り分はその半分で……」

「まあいい」

崎谷は話題を変えることにした。数字が誇張されて拡散されるのは、噂話の常だ。

「良心が痛まなかったのかよ、老い先短い爺さんを騙して」

「そんなこと言ったたってぇ……」

カンナは唇を嚙みしめた。

「わたしのスナックの時給、千五百円なんですよ。一カ月びっしり働いても、手取り十五万円にもならない。悪いことでもしなくちゃ、どうにもならないじゃないですかぁ……」

「どうにかしてるやつだっているだろ」

「わたしだって、最初嵌められたんです。生活が苦しくてちょっとお金借りたら、利息がメチャクチャ高くて……気づいたときには、もう風俗で体を売るしかなくなってて……人生終了、って感じ。そのとき助けてくれたのが、アキトシくんだったんです。おまえは病的な嘘つきだから美人局に向いてるって……もちろん、嫌でしたよ。罪もないお爺ちゃんを騙すのも嫌だったし、寝るのだって……でも、やらなきゃ風俗だったんです。渋谷のデリヘルとか、そんなんじゃないですよ。山奥の工事現場に住みこまされて、作業員全員の慰みものになるとか、そういう……」

「自業自得だ」

カンナは涙眼で睨んできた。

「世の中やるかやられるかだって、そのとき思いました。やる方にまわらなきゃ人生棒に振るだけだって……お金持ちのお年寄りにとっては、五百万なんて痛くも痒くもないんです。あの世にお金もっていけるわけじゃないし……アキトシくんが言ってましたけど、おまえにとっての五千円くらいのものだって。それくらいならカツアゲされても諦めがつくだろうって……」

「病的な嘘つきなのか？」

崎谷はカンナの顔をのぞきこんだ。カンナは眼をそむけた。

「いま言った話は本当です……嘘じゃないです……」

「いま言った話は？」

崎谷は眉をひそめた。

「それ以外はどうなんだ？　全部嘘なのか？　昨日まで言ってたことは……」

カンナは眼をそらしてから、答えた。

「……嘘です」

「全部か？」

「……ほぼ」

「アキトシを助手席に乗せて事故った話は？」

「つくり話ですよ。元カレでもなんでもないし……お金貸してくれる会社の、わたしの担当で……お店にも借りてたお金を取り立てにきただけで……知りあったのは二年くらい前、そのときから脚を引きずってました……」

「事故のトラウマで、運転が苦手になったんじゃなかったのか？」

「ただ単にペーパードライバーってだけです……」

さすがに啞然とした。

あのとき――〈ニューロマンス〉の裏口で、カンナとアキトシがやりとりしているのを崎谷が盗み聞きしたのは、カンナにとっては想定外の出来事だったはずだ。シナリオを用意していたとは思えない。にもかかわらず、あれほど込みいった話を咄嗟にできるものなのか。

「掘れ」

崎谷は吐き捨てるように言い、カンナの髪から手を離した。

「嵌める相手を間違えた人間の末路を、しっかりと拝むといい」

「みっ、見たくないっ……」

カンナは恐怖の貼りついた顔を左右に振ったが、崎谷はとりあわなかった。

「いいからやれ。アキトシの顔が出てくるまで掘るのをやめるな。俺はいま機嫌が悪い。俺を怒らせるな……」

元いた石に戻り、腰をおろした。暑かった。スーツを着込んでいるせいもあるが、雑木林の中は風がピクリとも動いてくれない。ワイシャツの下が汗まみれで、気持ちが悪くてしかたがない。

穴を掘っているカンナの白い裸身も、次第に汗でヌラヌラと濡れ光りはじめた。乳房も陰毛もさらけだし、ショーツとストッキングが足枷のように両足首にからみついているその姿は、もはや無様や滑稽を通り越して、奴隷じみている。

彼女の裸身に流れる汗は、羞恥や屈辱、あるいは激しい恐怖に由来するものだろう。ただの汗ではなく、冷や汗や脂汗の成分が多いに違いない。両眼のまわりは、すでにパンダのように真っ黒だった。紅潮した頬に涙の黒い線までついている。それでも健気に穴を掘る。ザッ、ザッ……と音をたてて……。
ガキッ、という金属同士がぶつかる音がした。

カンナが息を呑んでしゃがみこみ、怖々と穴をのぞきこむ。素手で泥をよける。アキトシなんて埋まっていない。埋めていないのだから、埋まっているわけがない。

「こっちに持ってこい」

声をかけると、カンナがこちらを見た。訳がわからないという顔をしている。

それでも、埋まったものを土の中から引きあげた。ジュラルミン製のアタッシェケース。カンナは銀色の表面についた泥を払うと、両足首に下着をからませた不自由な格好のまま、よちよちと歩いてきた。崎谷の足元に、アタッシェケースを置いた。

「開けろ」

鍵はかけていなかった。カンナが怯えきった顔で、上目遣いを向けてくる。心配しなくても、アキトシの生首なんて入っていない。

アタッシェケースが開けられた。

カンナの瞳にまず映ったのは、どちらだろう？　びっしりと敷きつめられた札束か。その上に置いてある黒い鉄の塊か。

崎谷は立ちあがり、拳銃を取った。ベレッタ92——腰のベルトに差しこむと、しゃがんだままのカンナを見下ろした。

「五千万ある。多少使っちまったが、それでも四千七百はあるだろう……全部おまえにやるよ」

カンナが泣き笑いのような顔をこちらに向ける。いったいどういうことでしょうか？　とその顔には書いてある。混乱しきっているようだ。

「おまえが言ったことは間違ってない。世の中やるかやられるか……その通りだよ。生きることは、他人を蹴落とすサバイバル……俺を蹴落として金をつかみたかったんだろう？　途中で馬脚を露わしたのは間抜けとしか言い様がないが、帳尻は合わせてやる。全部持ってけ」

3

生きることは、他人を蹴落とすサバイバル——甲本がよく口にしていた台詞だ。

字面は同じでも、口にしたタイミングやシチュエーションによって、ニュアンスはずいぶんと変わった。

甲本が最初にそれを口にしたのは、部屋住みのころだった。お互い、厳しい下積み生活に呻吟(しんぎん)しながら、あるのかどうかわからない未来を夢見ていた。蹴落とすべき他人を具体的にイメージしていたというより、「俺らもそのうちでっかい花火あげてやろうぜ」という意味で言っていた気がする。

キャバクラ嬢を輪姦したあとは、苦々しい顔でつぶやいていた。憐れみ、そして言い訳が言葉の裏側に滲んでいた。蹴落とされたのは、彼女自身に問題があったからだと言いたいようだった。そして、自戒。油断をしていると、自分たちだっていつ蹴落とされるかわからない……。

半グレ狩りをしていたときには、もっとも頻繁に口にしていた。崎谷も甲本も、若いエネルギーをもてあましていた。イケイケドンドンだった。喧嘩に勝って、名前を売りたかった。まさしく、他人を蹴落とすサバイバルな毎日を過ごしていた。

ところが、組と半グレが水面下で手を組むと、嘆き節に一変した。こちらが蹴落とされてしまったからだ。組の中に居場所を失ったとまでは言わないが、出世コースからは完全にはずれた。それまで可愛がってくれていた兄貴分たちに、距離を置かれはじめた。

詐欺団を組織して金を生みだすような能力のなかった崎谷と甲本にまわってきたのは、昔ながらのやくざのシノギだった。非合法カジノの運営、野球賭博の仕切り、債権回収、そして、最終的にはシャブ。

組は表向き、麻薬御法度を掲げていた。そういう組は多いが、シャブは儲かるので本当に扱っていないところは少ない。皆無かもしれない。

ただ、対世間、対警察への建前上、御法度の看板ははずせない。となると、シャブを扱うのは、いつでもトカゲの尻尾切りができる人材ということになる。

せつない立場だった。組のために危ない橋を渡っても、しくじれば懲役を食らうだけではなく、組からも見放される。

おまけに、うんざりするほど商売敵が多かった。もともとあちこちに冷戦状態の睨みあいがあったし、揉め事を起こしてでも利権に食いこもうという、気合いの入った新規参入希望者も絶えなかった。

相手は同級生にマリファナを売っているボンクラ大学生でもなければ、腰の据わっていない半グレでもなく、本職だった。表向きは代紋を背負ってなくても、シャブを扱うためにあえて組を離れるなどして、組との繋がりがしっかりあった。そういう連中は海千山千で、敵にまわすと本当に手強い。

うまい話をもちかけられると、たいてい罠だった。嵌められたら最後、首でも括るしかなくなる。となると、こちらとしても先手を打ち、邪魔者には消えてもらうしかない。

喧嘩とは違う。金属バット片手に、バーにカチ込むようなことはできない。敵対している素振りさえ見せず、痕跡を残さぬよう細心の注意を払って、年間数十万人と言われている失踪者をひとり増やすのである。

もはや流れ作業だった。

路上でさらったターゲットを組で押さえている潰れた居酒屋などに連れこみ、息の根をとめる。命だけは助けてやってもいいともちかけ、知っていることは洗いざらいしゃべらせるが、生きて帰すことはない。

息の根をとめたら、死体をチェーンソーで解体して、ラーメン屋が使っているような巨大な寸胴を使って煮る。臭い消しに野菜屑を入れたりするのも、ラーメン屋と一緒だ。原形がわからなくなるまでドロドロにしてしまえば、あとは小分けにして生ゴミで出せる。同じ収集所にいっぺんに出すのではなく、何カ所かに分ける。警察が動いたという話は、いまのところ聞いたことがない。

いろいろ試した結果、そのやり方がいちばん安全かつ効率的だった。

山に死体を運びこんで埋めるには、大変な労力がかかる。まわりに木があれば、土の中には根が張っている。シャベル一本で、野生動物に掘り返されない深さまで埋めるのは、まず無理だ。重機でもあれば話は別だが……。

崎谷がアタッシェケースひとつを五十センチほどの深さに埋めるにも、三日かかった。温泉旅館からの徒歩移動や、場所探しも込みでの話だが、シャベルを担いで山に登れば簡単に穴が掘れるというわけではない。カンナが易々と掘ることができたのは、一度掘った場所だったからだ。

海は海で面倒が多い。死体が浮いてこないように重石を抱かせなければならないし、確実を期すならコンクリートで固める必要がある。さらに、なるべく深いところに沈めるには、クルーザーで沖に出なければならない。山で重機を使うのもそうだが、そうなると金もかかるし、人手もかかる。関わる人間が増えるということは、秘密漏洩のリスクが高まるということでもある。

結果、煮こんで生ゴミが、もっとも優れた死体処理法だという結論に辿りついた。人手もかからない。甲本とふたりで事足りる。

ただ、そういうことを生業にしていると、メンタルが激しく削られる。人を殺める罪悪感とは少し違う。殺るか殺られるかのひりひりするような緊張感の中に生きていると、一般市民とは命に対する感覚が違ってくる。

生きることは、他人を蹴落とすサバイバル——誰だって、生ゴミにされるより、生ゴミにするほうを選ぶはずだ。

とはいえ、いい加減疲れてしまった。半グレ狩りをしていたころも、あまり派手にやりすぎると、心に風穴が開いていることに気づいたものだが、そんなレベルではなかった。心なんて跡形もなく消えてしまうくらい大きくて暗い穴が、胸にぽっかりと開いていた。

暴力は、本質的に虚しさを内包しているに違いない。いや、そもそも人が生きること自体が虚しいのだ。他人を蹴落とさなくては生きていけないなんて、いったいどこに救いがあるのだろう？

この一、二年、崎谷は自分が病みはじめているのを感じていた。

眼を覚ましても、何時間もベッドから起きあがれないことがよくあった。食欲不振、睡眠障害、コントロールできない酒量、全身の倦怠感——医者に行くべき症状が次々と自覚された。

医者になど行かなくても、仕事から手を引きさえすれば、症状が治まることはわかりきっていた。

それでも決断がつかなかった。理由ははっきりしている。口が肥えてしまったせいだ。牛丼を二杯もかきこめば満ち足りていた若いころには、もう戻れない。いまの生活を維持するためには、金がいる。

いくら危ない橋を渡っても、組の仕事である以上、報酬はたかが知れていた。それでも、人並み以上にうまいものを食い、いい服を着ることはできた。前時代的なやくざの躾を受けた崎谷は、マクドナルドとユニクロでは生きていけなかった。見栄を張れなくなったら、男としておしまいだと思った。貯えなんて、なかった。

そして、ひと月前のあの日がやってきた。

崎谷と甲本は、静岡県の某所までシャブの仕入れに行くことになっていた。

路上で商売敵をさらうとか、チェーンソーで死体を解体することに比べれば、はるかに気が楽な仕事だった。五千万円という取引額も、極端なビッグマネーというわけではない。普段は一千万程度の取引が多かったが、億の取引をすることもある。

「明日はおまえのクルマで行こうぜ」

前日、甲本が言ってきた。

「はっ？　おまえのクルマでいいじゃねえか、いつも通り」

「たまには車高の低いスポーツカーでドライブしたいんだよ」

甲本の愛車は黒のアルファードだった。もともと中が広いうえ、こだわって内装を改造してあるので、乗り心地は高級セダンなどよりはるかに上だ。

仕事関係では、それを出すことが九割方だった。甲本は、レクサスＲＣに乗っている崎谷のことを馬鹿にしていた。本気で馬鹿にしていたわけではないだろうが、助手席に乗るたびに嫌味を口にした。

「いまどき2ドアのクーペなんて、よく乗るぜ。しかもボディが赤。デート車かよ。おまえまさか、これ乗って若いねえちゃん引っかけてるんじゃねえだろうな」

「好きで乗ってるわけじゃない。借金のカタだ。知ってるだろう？」

「まあ、最初はこんな派手なクルマどうかと思ったけど、乗ってるうちに気に入ってきたのはたしかだな。走りは抜群なんだ」

よくそんなやりとりをしていたのに、崎谷のクルマを指定してくるなんて不可解だった。静岡まで運転するのが面倒なのだろうと思うしかなかった。前日からひどく疲れた顔をしていた。もともと不健康に太っている男だったが、頬が痩け、眼の下に靴墨を塗りこんだような隈ができていた。

「ダイエットでもしてるのかい？」

とからかうと、甲本は笑っていた。笑い方まで疲れていた。

取引の時刻は午前零時。

東京を午後八時に出発した。静岡の目的地までは、二時間あまりで到着する。いささか出発が早かったのは、甲本が「せっかく海の側まで行くんだから、潮風にあたろうぜ」と言ったからだ。

北海道の内陸で育ったせいなのか、甲本はちょっと異常なくらい海が好きな男だった。マリンスポーツを嗜むわけでもなければ、釣りの愛好家でもない。ただ眺めているのが好きなのである。

「夕焼けを見にいこう」とか「そろそろ朝焼けが綺麗だぜ」などと、やたらと海に誘ってきた。六本木で明け方まで飲み、タクシーで二万円かけて湘南まで行ったこともある。真っ暗でなにも見えない夜なら、誘いの言葉は「潮風にあたろうぜ」。そうでなければ、「波の音が聞きたくね？」だ。

そして海を眺めながら、あるいは潮風や潮騒に身を委ねながら言うのだ。

「生きることって、他人を蹴落とすサバイバルだよなあ……」

話があるのだろうと思った。あるなら黙って聞くだけだった。金の無心でもしてくれないかと思った。崎谷にしても金はないが、甲本が困っているなら、死に物狂いで集めてやる。やくざの兄弟分というのは、そういうものだった。たまには兄弟分のようなことをしてみたかった。

実際には、甲本が金を無心してくるなんてあり得ない。いままでただの一度も、シリアスな相談をもちかけられたことがない。強がりで見栄っ張りなのだ。

もっとも、崎谷にしても、甲本に弱味を見せたことはなかった。人間としての弱い部分なら、部屋住み時代にさんざん見せあった。お互いの、ケツの穴の皺の数まで知っている。それで充分だった。

もし、自分が金に困っても——用立てなければ首が胴体から切り離されるような窮地に陥ったとしても、甲本にはなにも相談しないだろう。他の誰を頼っても、甲本にだけは頼らない。死んでも迷惑をかけたくない。

やくざの兄弟分とはいえ、崎谷にとってそれが甲本に対する矜持だった。甲本もきっと、同じように考えているはずだと思っていた。

焼津インターで東名高速を下り、海を目指した。甲本がナビをしてくれた。やたらとだだっ広い漁港に着いた。だだっ広いわりには、人影は皆無だった。崎谷はレクサスRCを、船を接岸させる岸壁のぎりぎりまで進めた。

甲本がクルマを降りたので、崎谷もエンジンを切って外に出た。

磯の香りがした。潮風は穏やかだったが、甲本は満足そうに顔にそれを受けていた。内ポケットからなにかを出した。煙草だった。ジッポライターで火をつけ、ゆっくりと紫煙を吐きだす。煙が潮風に吹かれ、孤月の浮かんだ夜空に消えていく。

「また吸いはじめたのか？」

お互いに、とっくの昔に煙草はやめていた。二十代のころは、一日に四箱も五箱も吸っていた。三十歳のときにきっぱりやめた。甲本は肺炎で死にかけたことがきっかけで、崎谷は馴染みの酒場が次々と禁煙になっていったからだった。頭にきたが、街で煙草を吸える場所を探す面倒くささに、嫌気が差してしまった。

「一本くれよ」

声をかけると、甲本はレクサスRCのルーフの上に煙草の箱をすべらせた。セブンスターだった。パッケージをひと目見ただけで、懐かしさがこみあげてきた。部屋住み時代、一本をふたりで分けあって吸っていた。パチンコ帰りの兄貴分からマールボロをワンカートン貰ったとき、煙草屋に頼みこんでセブンスターに替えてもらったこともある。

ライターもルーフをすべってきた。崎谷は受けとり、セブンスターに火をつけた。咳きこみそうになるのを、なんとかこらえた。

「子供ができたんだ……」

潮風に乗って耳に届いた声は、甲本が発したのではなく、夜闇に溶けている水平線の向こうから聞こえてきたような気がした。

「なんだって？」

「女の腹にガキができたんだよ」

「マジかよ！」

崎谷はルーフから身を乗りだした。セックスを忌み嫌っている崎谷は独身を貫いていたし、生涯貫くつもりだったが、甲本は十年も前から所帯をもっていた。コケシ人形のように可愛い嫁と、陽のあたらないアパートで仲睦まじく暮らしていた。

子供が欲しいという話は、結婚当時からしていた。なかなかできなかったようで、やがて子供の話はしなくなった。

再び耳にしたのは、二年ほど前のことだ。

「妊活してるんだ、最近」

焼肉を食べながらボソッと言った。一瞬、なんの話かわからなかった。子供はおろか結婚にも興味がない崎谷には、妊活という言葉がよくわかっていなかった。不妊治療をしている、ということだった。

「嫁の畑は問題ないんだが、俺のほうに種が少ないらしくてね。けっこうきついんだな、これが……」

病院の採精室で自慰をしなければならないと教えられ、言葉を返せなかった。一瞬にして食欲も失せた。本気で子供が欲しいことだけは、よくわかった。本気でなければ、そこまでするはずがない。

ただ、その話にも続報はなかった。崎谷は、余計なことをいっさい言わなかった。世の中にはどれだけ頑張ったところで、実らない努力もある。

そう思っていただけに、甲本から突然知らされた吉報は、我がことのように嬉しかった。

「やったじゃないか！　いつ生まれるんだ？」

「来年早々だな……」

「男か女か、もうわかってるのか？」

「生まれてからのお楽しみ、ってことにしたよ」

照れくさそうに頭をかきながら答える甲本を見て、胸が熱くなった。

「そうかぁ……おまえもついに人の親か……子供が生まれてくるのか……」

不思議な気分だった。兄貴分の姐さんが妊娠したという話を聞いたときとは、まるで違う感慨を覚えた。あたかも自分の子供が生まれてくるような――と言ったら少し大げさだが、それに近い感覚があった。

しばらく、生まれてくる子供について話していた。他愛のない話だった。深く突っこんだ話は、お互いに避けていた。崎谷も甲本も、あまり恵まれない幼少期を過ごしていた。思いだしたくないことがいろいろとあった。

「そろそろ行くか」

三本目のセブンスターを暗い海に指ではじきとばし、甲本は助手席に乗りこんだ。崎谷も運転席のドアを開けた。いい気分だった。この気分をもう少し味わっていたかった。取引まではまだ時間があった。飯にでも誘うかと思いながら、シートベルトをしようとしたときだった。

バチンッ！　と首筋に衝撃が走った。雷に打たれたように、全身に痺れが走った。うめき声をもらすこともできなかった。

スタンガンをあてられたのだと気づくまで、数秒かかった。甲本が見たこともないような悲痛な表情をこちらに向けていた。

「これしかないんだ……もう飛ぶしかない……」

甲本は後部座席に置いてあったジュラルミンのアタッシェケースをつかむと、助手席のドアを開けて外に置いた。

自分は金を持って行方をくらまし、崎谷をここで始末するつもりのようだった。ギアがニュートラルになっていれば、クルマは押せば動く。目の前は海だ。漁港の船着き場とはいえ、沈んだクルマが簡単には見つからないくらい、水深があるのかもしれなかった。

甲本は馬鹿ではない。商売敵を次々にこの世から消していっても、逮捕されたり報復されずにすんだのは、甲本の用意周到さのおかげだった。今回もきっちりとリサーチして、この場所に誘導したに決まっている。

動け、動け、動け——崎谷は額に脂汗を浮かべながら、右手に念を送っていた。

懐には拳銃がある。右手さえ動けば立場を逆転できる。

今日の取引相手とはもう五年来の付き合いで、信頼関係ができあがっていた。取引現場に拳銃を持っていく必要などない。一発でも発砲すれば組のトップまで引っぱられるこのご時世、拳銃なんてよほどのことがないと持ち歩かないし、自宅に所有していることさえはばかられる。

ベレッタ92——レクサスRCと同様、それもまた借金のカタで手に入れたものだった。というか、死期をきっちり言いあてられそうなシャブ中が、金はないがどうしてもパケを譲ってほしいと、決死の形相で差しだしてきた。

シャブを渡して厄介事を背負いこむようなそんな話、普通なら秒で却下する。乗ってしまったのは、近々鬼籍に入るであろう彼に同情したからか、あるいは単なる気まぐれか……。

自分でもよくわからなかったが、以来、ベレッタ92は眠れない夜の友になった。三日に一度は、分解して手入れをしていた。使う予定もないのに手入ればかりしている自分が滑稽だったが、ベレッタ92を分解し、また組み立てていく作業をしていると、眠れない夜をなんとなくやり過ごすことができるのだった。

そんな流れの中で、崎谷はその日、拳銃を懐に呑んでいた。気まぐれと言えば気まぐれだし、携帯するリスクも充分にわかっていたが、もしかすると無意識に嫌な予感を覚えていたのかもしれない。

「魂がねじれそうなほど考えて出した結論だから、謝らない……」

甲本が言った。

「恨みたいだけ恨んでくれ……俺は生まれ変わる……生まれ変わって、残りの人生は子供のために生きる……」

言葉とは裏腹に、その表情は罪悪感にまみれていた。スタンガンを持つ手が、小刻みに震えていた。さっさとトドメを刺し、ギアをニュートラルに入れて、クルマを海に落とすべきだった。

甲本の顔色が変わった。銃口を左胸に突きつけられていることに気づいたからだ。崎谷はショルダーホルスターを着け、その上からミッドナイトブルーのスーツを着ていた。さすがの甲本も、こちらが拳銃を携帯していることには気づいていなかった。

「俺を……殺すのか？」

言い終わる前に、崎谷は引き金を引いた。こういう場面で躊躇すれば致命傷になると、全身の細胞が叫んでいた。甲本の準備周到さに崎谷は何度も助けられたが、崎谷の非情な判断力が甲本を救ったことも何度となくあった。

甲本は死んだ。

崎谷は甲本のシナリオをなぞって、死体ごとレクサスＲＣを海に沈めた。

今生への未練を感じさせる、痛切に歪んだ表情で……。

そして、逃亡生活に入った。

組に戻って事情を説明する気には、とうていなれなかった。味方なんてひとりもいなかった。もうなにもかも面倒くさくなってしまい、スマホを海に投げ捨てた。

新幹線の最終にぎりぎり間に合ったので、その日のうちに名古屋に出た。薄暗い路地裏にあるラブホテルで仮眠をとり、翌日の朝いちばんで日本海側に向かった。

逃亡ルートに意味はなかったが、新潟にはひとつあてがあった。グレイな人間が集まる魔窟のようなサウナを知っていた。そこでトバシのケータイを手に入れた。いまどきケータイ番号がなければ、宿ひとつ予約できない。

伊勢丹で服やキャリーバッグを買い求め、列車で日本海沿岸を北上した。

しばらくの間、海際の地味な地方都市に潜伏していた。毎日ホテルのパソコンで、ネットニュースを確認した。静岡の地方紙まで隈無くチェックした。

漁港に沈んだレクサスＲＣから死体が発見されたという報道を、眼にすることはなかった。組の動向も気になったが、そちらは放置しておくしかなかった。

逃亡を始めてから二、三日が経つと、急に実感がこみあげてきた。

甲本を殺した実感だ。

引き金を引いたときは、なにも考えていなかった。とにかく必死で、右手が勝手に動いた感じだった。命が危険にさらされたとき、余計な思考をシャットアウトする訓練を、知らず知らずのうちに積み重ねていたのかもしれない。

殺したのは素性もよくわからない商売敵ではなく、兄弟分だった。家族のようなものであり、家族以上の存在でもあった。血の繋がった親兄弟とはもう二十年近く音信不通だったが、甲本とは死ぬまで関係が続くと思っていた。

甲本の考えていることなら、言葉で伝えられなくてもわかった。崎谷の首筋にスタンガンをあてたとき、いや、そうしようと決めた瞬間に、あの男はこう考えたはずだった。

生きることは、他人を蹴落とすサバイバル――それは甲本にとって、善悪を越えた自然界の法則だった。

誰かを蹴落としても、蹴落とした自分が悪いのではない。蹴落とされても文句は言えないが、蹴落とす権利も有している。そういう世界に自分たちは生きている……。

甲本には、崎谷を蹴落としてでも生きのびたい理由があったのだろう。子供ができたという話は、こちらを油断させるためのブラフではなかったはずだ。その子供のために、過去を捨て、生まれ変わろうとしていた……。

心の風穴に、冷たい風が吹き抜けていく。

そうであるなら――実の家族より強い絆で結ばれた兄弟分を蹴落としてまで生きのびたいなら、生きのびさせてやりたかった。

崎谷は人生に倦んでいた。このところなにをやっても倦怠感しか覚えず、言い様のない虚無感に取り憑かれ、自殺の衝動に駆られたことさえ何度かある。ベレッタ92を分解しては組み立て、組み立てては分解して、結局眠れないまま朝を迎えて血走った眼で拝む太陽の光は、いつだって凍てつくように寒々しかった。

一方の甲本は、未来に希望を抱いていた。念願叶ってようやくできた子供とともに歩む未来を夢見ていた。たとえ組織を裏切った逃亡者となっても、人生を謳歌できたはずだ。コケシ人形のように可愛い妻と三人で、たとえ貧しくても、たとえ追っ手にびくびくしながらでも、幸福の輪郭を指でなぞることができただろう。

自分は違う。幸福なんて未来永劫無縁であり、イメージすることすらできない。ただ死んでいるように生きている、幽霊みたいなものだった。

たぶん……。

自分が死んだほうがよかったのだ。

自分が息絶えて、甲本が生き残ったほうが……。

この世が生きるに値するものなのかどうか、崎谷にはわからない。値しないような気がするが、値すると思っている人間もいるのだろう。

はっきりしているのは、他人を蹴落としてまで生きたい人間だけが、生きていけばいいということだけ……。

崎谷は日本海沿岸のホテルで動けなくなった。

他の土地に移動できなくなったのではなく、文字通りベッドの上から一歩も動けなくなった。

全身がコンクリートで固められたようになり、眼を覚ましてもうめき声ひとつ出せなかった。いままでそういうことがあっても、二、三時間で回復したのに、丸二日間症状が続き、コンビニのレジ袋に小便をするしかなかった。

這うようにして洗面所に行き、蛇口から水を飲んだのが三日目だった。それから一週間ほど、ベッドの上でレジ袋に小便をしているか、洗面所まで這っていって蛇口から水を飲むか、夢とうつつの間でうなされているか——生きているのか死んでいるのかわからない時間を過ごした。

体感で十キロ近く体重が減り、それでもなんとか歩けるようになって、ホテルのティールームでホットミルクを飲んでいたときのことだ。

「顔色がよくないですな」

隣の席に座っていた白髪の老人に声をかけられた。ひどく深刻そうに顔をのぞきこまれた。本当はこう言いたかったに違いない――死相が出てますよ。

東京から出張に来ていた医者らしく、症状の改善についてさまざまなアドバイスをしてくれた。医者なんて強欲な俗物ばかりだと思っていたが、親切な人だった。湯治を勧めてくれたのも彼だった。

料金は高いが命の洗濯をするにはもってこいだと紹介してくれたのが、カンナと出会ったあの温泉旅館である。

## 4

「どうした？」

しゃがみこんだまま動けずにいるカンナに、崎谷は声をかけた。雑木林の中は、相変わらずピクリとも風が動かない。

「その金はおまえのもんだ。曰く付きの金だが、使っても足はつかない。安心して受けとれ」

「どうして……」

カンナが呆然と見上げてくる。

「理由はもう言った。同じことを二度言わせるな」

崎谷はカンナの腕を取って立ちあがらせた。ツンと鼻を刺す刺激臭がした。汗とアンモニアの臭いだ。カンナの両脚の内側は、漏らした小便で濡れていた。両足首にからみついたストッキングとショーツもびしょ濡れだった。

崎谷はカンナの足元にしゃがみこんで靴を脱がせ、汚れた下着を脚から抜いてやった。それから、地面に落ちていたブラジャーを拾った。

「ダメだな。ホックが壊れている」

苦笑をもらしてブラジャーを投げ捨て、木の枝にかかっていた黒いドレスを取ってカンナに渡した。

「ノーパンにノーブラだと、仕草がセクシーになるらしいぜ」

ふらついた脚を懸命に持ちあげてドレスを着ているカンナは、崎谷の冗談に笑わなかった。

カンナにアタッシェケースを持たせ、来た道を戻った。

山道は登りより下りのほうが多難なものだ。五千万円弱の現金の重量は約五キロ、ジュラルミン製アタッシェケース自体も二キロ強ある。

カンナは穴掘りで体力を使ったし、おまけに足元はハイヒールで、肩に自分のトートバッグまで掛けていた。三〇メートルも進まないうちに息がハアハアとはずみだし、次第に「あぁっ」とか「ううっ」とか、声までもらすようになった。

それでも崎谷は、アタッシェケースを持ってやる気にはなれなかった。大金をくれてやるのだから、少しは汗をかいたほうがいい。

ゴールド・アクアを停めたところまで戻ったときには、カンナはほとんど息絶えだえだった。崎谷は運転席に座り、クルマを発車させた。山道を抜け、舗装された道に出ると、カンナと運転を代わった。

「事故るなよ。いま事故ったらシャレにならない」

「緊張するようなこと言わないでくださいよぉ……」

カンナはシートに浅く腰かけて前屈みでハンドルを握りしめ、カッと眼を見開いてアクセルを踏みこんだ。

「……K駅には戻りたくないな」

崎谷がボソッと言うと、

「えっ？　なんですかっ？」

カンナは前を見たまま大声で問い返してきた。

「K駅じゃないところまで走ってくれ。二、三駅離れたところがいい」

間違っても、アキトシとばったり出くわすような展開は避けたかった。腰の拳銃を抜いてしまいそうだ。

「おまえ、地元だからわかるだろう？　他の駅」

「わかりますけど……」

「俺を降ろしたら、ちゃんとこのクルマを返しておけよな」

「それはいいですけど……」

カンナは自分を落ち着かせるように深呼吸をした。前後左右にクルマがない田舎の一本道で、どうしてそこまでテンパッているのか理解に苦しむ。

「駅で降ろして、どうするんですか？」

「んっ？」

「崎谷さん、どこ行くんですか？」

「おまえの知ったことかよ」

崎谷は鼻で笑った。逃亡資金を手放してしまった以上、温泉旅館に長逗留するようなことは、もうできない。かといって、いまさら警察に自首して、懲役なんて冗談ではない。そこまでして生きのびたいとは思わない。

自分の未来は、もうほとんど残されていなかった。カウントダウンが始まっている。いよいよどん詰まりもどん詰まり、あとは人知れず野垂れ死ぬだけだ。

それでも、なぜか気分は清々しかった。

他人を蹴落とさなければ生きていけないのがこの世の理（ことわり）なら、蹴落とされるほうでけっこうだった。生きたいやつが、生きればいいのだ。

カンナを見た。自分の命のバトンを渡した女の横顔が、そこにあった。涙と汗で化粧がぐちゃぐちゃに崩れ、溜息が出そうなほど無残な状態になっていた。眼のまわりが真っ黒で、完全にパンダである。こんなやつに命のバトンを渡すのかよ？　そう思うと、笑いがこみあげてきた。

こんなやつだから、渡すのだ。生きていても世間の役には立ちそうもない、虫けらのような女だからこそ、生きのびるべきなのだ。この世は偉いやつだけで成り立っているわけではない。やくざ組織だって幹部だけでは成り立たない。虫けらのような人間に生存権がないと言うのなら、それは断固、間違っている。

「なにがおかしいんですか？」

カンナが訝しげに横眼を向けてくる。

「いや……」

崎谷は笑いをこらえることができなかった。カンナの未来に思いを馳せると、あとからあとからこみあげてきた。

半チクなワルとつるんで美人局なんてやっているくらいだから、この先は知れたものだ。トラブルにつぐトラブル、修羅場につぐ修羅場——今度しくじれば、小便を漏らしても許してもらえないだろう。助けに来る人間はひとりもいない。寿命まで生きのびることができたら、奇跡みたいなものだ。

「そんなにおかしいですか！　わたしの顔！」

カンナが声を張りあげ、

「……ああ」

崎谷は思わずうなずいてしまった。化粧が崩れているだけではなく、顔面蒼白だった。そこに流れている汗の量も、尋常ではなかった。

行く手が峠道に差しかかろうとしていた。ドリフト小僧なら涎を垂らして喜ぶようなワインディングロードが、これから延々と続くのだろう。運転を代わってやろうかと言いかけたとき、カンナがハンドルを切った。

キキーッとタイヤが悲鳴をあげ、ゴールド・アクアは道からそれた。突っこんだ先は、ラブホテルの敷地だった。道沿いに、〈HOTEL桃源郷〉と昭和の香りが漂う品のない看板が掲げられていた。

カンナはブレーキを踏まずに砂利の敷かれた広場を走り抜け、ビニールのカーテンを撥ねあげて、地下にある駐車場にすべりこんでいった。

クルマが停まった。静寂が訪れた。前屈みでハンドルを握っているカンナの顔から、ポタポタと汗の粒がしたたっている。

「……なにやってんだ？」

崎谷は苦笑まじりに言った。

「峠道が苦手なら、運転代わってやる。降りろ」

カンナは動かなかった。ドンッ、ドンッ、とハンドルを叩きだした。手のひらの厚くなっているところで……。

「わたし、嘘つきですけど……ひとつだけ嘘は言いませんでした……」

ドンッ、ドンッ、とハンドルを叩きながら言う。叩き方が強く激しくなっていく。

「崎谷さんと一緒にこの町を出ていきたいっていうのは……それだけは本当の気持ちでした

……崎谷さんが連れてってくれるなら、全部捨ててもいいって……」

「やめろ」

ハンドルを叩いている手を押さえると、カンナはいやいやと身をよじった。逆の手で叩こうとした。それも押さえると、髪を振り乱して頭をぶつけようとした。発狂したのかと思った。なりふりかまわず額をハンドルに叩きつけると、耳障りなクラクションが鳴った。

「やめろ！」

崎谷はシートベルトをはずし、暴れるカンナを抱きしめた。

「嘘じゃないっ……嘘じゃないのにっ……」

「いいから落ち着け」

息がとまり、骨が軋むほど強く抱きしめた。カンナがおとなしくなるまで、そうしていた。おとなしくなると、背中をさすってやった。

「本当ですから……いまでも……その気持ちは変わってませんから……」

「それは無理だ……」

諭すように、崎谷は言った。

「鮨屋で話を聞いたときから、無理だと思ってた」

「どうしてですか？」

カンナがしゃくりあげながら訊ねてくる。

「申し訳ないが、これ以上その話はしたくない。そっちの問題じゃなくて、こっちの問題だからな」

「ううう っ……」

カンナは唇を嚙みしめ、すがるような眼を向けてくる。

「どうしても……ダメ？」

「ああ」

「じゃあ……せめて……最後に……」

ずずっと洟をすすってから、言った。

「もう一回、抱いてください……」

崎谷は深い溜息をつき、カンナから体を離した。

頭の中は冷静だった。カンナの言葉を額面通りに受けとるわけにはいかなかった。病的な嘘つきの言葉なんて、信用できるわけがない。

言葉の裏側にある思惑を、探ろうとした。彼女がいまここで崎谷に抱かれることで、得られるメリットはなにか？　いったいなにを企んでいるのか？

メリットがあるとは思えなかった。金は全部くれてやると言ったし、美人局の件についても無罪放免にしてやったのだ。

まさか、崎谷が警察にタレコむような人間だと思っているのだろうか。寝技のどさくさにまぎれ、拳銃を奪って口封じ……。

あるいは、小便を漏らすほどツメられた復讐か。奴隷のように素っ裸で穴を掘らされ、プライドが傷ついたのか。

馬鹿馬鹿しい。ラブホテルの部屋に転がった銃殺死体を処理できるなら話は別だが、彼女にそんな能力があるとは思えない。すでに大金をつかんでいるのに、あえて警察に追われる身になるはずがない。

あらゆる可能性を潰していき、カンナがなにかを企んでいることはなさそうだという結論に達しても、残念ながら彼女のことを心から信じることはできなかった。本能が信じることを拒否していた。一度でも嘘をついた人間を信じるのは自殺行為——そういう世界に崎谷は生きてきた。

それでも……。

パンダ眼になったカンナと見つめあっているうちに、気持ちが動いた。信じる信じないは別にして、彼女の誘惑に乗ってやろうかという気になってきた。

事実として、崎谷にセックスの素晴らしさを教えてくれたのは、彼女だった。美人局だろうがなんだろうが、あの日あのときカンナに出会わなければ、崎谷はセックスを忌み嫌ったまま、あの世に旅立つことになったはずだ。

ならば……。

最後に体を重ねるのも一興かもしれない。

今生に別れを告げるセックスだ。

すべてが終われば、あとは死ぬだけ。駅まで送ってもらう必要もない。そのへんの山の中に入っていき、左胸に銃口をあてて引き金を引く。甲本の息の根をとめたベレッタ92で、兄弟分と同じところを撃ち抜いて、自分の人生にも終止符を打つ。

悪くないシナリオだった。

人生の最後に食べたい料理も、見たいと思う景色もなかった。

ただ、カンナを抱けると思うと、不思議なくらい気分があがっていった。とことんくだらなかったこの人生の幕引きに、花を手向(たむ)けてほしいと思った。

## 5

見るからに古いラブホテルだった。

築五十年は軽く経っているのではないか。

ロビーや内廊下は老朽化しているうえに埃っぽく、エレベーターの動きは異常にのろくて、部屋に入るとかすかに黴(かび)の臭いがした。

もちろん、そんなことはどうだってよかった。

出入り口の扉を閉めるなり、崎谷はカンナを抱きしめた。唇を重ねようとすると、

「まっ、待ってっ……待ってくださいっ……」

カンナは焦った声をあげた。

「シャワー浴びないと……体を綺麗にしないと……わたしほら……おっ、お漏らししたから……」

崎谷はとりあわなかった。カンナを抱きしめたまま部屋の中に進み、ベッドに押し倒した。ドレスの裾をまくって、両脚をひろげた。雪のように白い太腿が眼を射る。

「いっ、いやあああっ……」

カンナはショーツを穿いていなかったので、女の花が剝きだしになった。崎谷は唇を押しつけた。鼻息を荒らげて、くにゃくにゃした花びらを舐めまわした。

アンモニアの臭いがした。ゆうべ風呂に入っていないせいだろう、発酵しすぎたチーズのような女性器特有の匂いが、それより強く鼻腔を刺した。

なのに、嫌な感じが少しもしなかった。

小便を漏らしただけではなく、美人局なんてやっている汚れた花だった。ふやけるほど舐めまわして、清めてやりたかった。いや、清める必要などないのかもしれない。汚れていたって、崎谷にとっては唯一無二の花だった。生きのびるために他人を蹴落とし、黒く塗り潰されてしまった人生に、極彩色の彩りを与えてくれた……。

「ダッ、ダメッ！　ダメですってっ！」

カンナが抵抗する。宙に掲げられた両脚をジタバタと動かす。女の抵抗なんて、と崎谷はナメていた。ところがカンナは、火事場の馬鹿力を発揮して体を強くひねり、崎谷の拘束から逃れた。

「わっ、わたしだって……わたしだって……」

四つん這いでベッドの上を這いまわり、猫のように飛びおりた。

「恥ずかしいことくらいあるんですからねっ！　いまクンニなんかされたくないっ！　最後のエッチなのに……」

身を翻し、バスルームに向かってダッシュした。俊敏な動きだった。崎谷は追った。バスルームに入る手前、洗面所のところで捕まえた。

腕をつかんで振り向かせようとしたが、カンナは振り向かなかった。腕をつかまれてなお、バスルームに向かって突進しようとした。

頭にきた崎谷は、ドレスの背中を乱暴につかんだ。ホックとファスナーが壊れ、ビリビリッと生地が破れる音がした。後先のことなど考えられなかった。力まかせにドレスを引っぱり、さらに生地を破った。脱がせるというより、毟りとった。下着を着けていないカンナは、あっという間に丸裸だ。

それでもカンナは逃げようとする。パニックに陥っているらしく、バスルームに向かうのではなく、四つん這いで洗面台にあがった。

崎谷はその手を背中のほうにひねりあげた。両手ともだ。手首を交差させて左手でつかむと、カンナはこちらに尻を突きだした情けない格好で、身動きがとれなくなった。

「離してっ！　離してくださいっ！」

悲痛に叫ぶ顔は、目の前の鏡に押しつけられていた。

「シャワー浴びさせてくださいっ！　お願いですからっ！」

答えるかわりに、崎谷は右手でカンナの尻を撫でた。うっとりするほど丸かった。雪のように白いカンナの素肌は、肌理(きめ)も細かかった。すべすべで、つるつるだった。

感嘆しながら、右手を尻の桃割れに這わせていく。親指と人差し指で輪ゴムをひろげるようにすると、セピア色のアヌスが見えた。

「みっ、見ないでっ！　そんなところ見ないでっ！」

見るだけではなく、崎谷は匂いを嗅いだ。ためらうことなく舐めまわした。舌先を尖らせ、すぼまりの中まで入れていった。

「いやあああああーっ！」

カンナが泣き叫ぶ。崎谷はかまわず、右手で女の花をいじりだす。まだ乾いている。指に唾液をつけて、合わせ目をなぞりたてる。クリトリスも刺激してやる。そうしつつ、尻の穴も舐めつづける。

「やっ、やめてっ……お願いだからやめてくださいっ……汚いところ、舐めないでええぇっ……」

泣き叫びつつも、ハアハアと息がはずみはじめている。欲情の桃色吐息だ。顔を押しつけている鏡が、白く曇る。呼吸に合わせて、白い部分が大きくなったり小さくなったりする。

「はぁうううーっ！」

カンナが鋭い悲鳴を放った。崎谷が肉穴に中指を入れたからだった。まだ充分に潤んでいないが、指には唾液をまとわせておいた。まっすぐに伸ばしたまま、ゆっくりと入れていき、ゆっくりと抜く。

「はぁあああっ……はぁあああっ……」

カンナが尻を振りはじめる。指の刺激に反応し、びっしりとひだの詰まった肉穴が、みるみる潤いはじめる。さらに抜き差しをつづけると、新鮮な蜜が奥から大量にあふれてきた。

崎谷はつかんでいたカンナの両手首を離すと、洗面台から脚をおろさせた。立ちバックの体勢で尻を突きださせ、ズボンとブリーフをさげた。

鬼の形相で天井を睨みつけている男根を握りしめ、濡れた花園に切っ先をあてがう。腰を前に送りだし、ずぶっと貫いていく。

「あああああーっ！」

カンナが叫び、両手を鏡に伸ばしてつかもうとする。もちろん、つかむことはできない。掻き毟るように爪を立てても、つるつるとすべるばかりだ。

崎谷がピストン運動を開始すると、鏡に映ったカンナの顔は紅潮していった。声をこらえているせいだった。不本意に挿入されたことに対する、彼女なりの抗議行動のようだった。

わがままな女だった。自分がしたいときは我慢できないくせに、自分がしたいようにできないとぶんむくれる。

そのわがままさが、可愛くてしかたなかった。猫は決して人間の言いなりにならないから、あれほど愛されているのだ。

崎谷は両手を伸ばし、カンナの双乳を後ろからすくいあげた。カンナは必然的に上半身を起こすような体勢になり、振り返った。

顔と顔が、息のかかる距離まで近づいた。カンナは悔しげに睨んできた。崎谷はあえてキスで誤魔化したりせず、カンナの顔をまじまじと見つめた。口許に笑みが浮かぶのを、どうすることもできなかった。

ずんっ、ずんっ、と強く深いストロークを送りこみながら、ふたつの胸のふくらみを揉みしだいた。丸みがセクシャルな、揉み甲斐のある乳房だった。指先をじわじわと先端に近づけていくと、紅潮しているカンナの顔がひきつった。

そこに彼女のウィークポイントがある。挿入されながら乳首をいじられるとすぐにイッてしまうことを、崎谷は覚えていた。忘れられるわけがなかった。そのやり方で、彼女のことを何度となく絶頂に導いた。

いじってやらなかった。指先は乳首のすぐ近く、乳暈に触れるか触れないかのところまで接近しているにもかかわらず、肝心なところには触れないまま、ずんっ、ずんっ、と強く深いストロークだけを執拗に打ちつづける。

「あああっ……」

カンナは振り返っていられなくなり、鏡に顔を向けた。ぎりぎりまで細めた眼で、鏡越しにこちらを見てきた。崎谷の指先の位置を確認した。触れられてもいないのに、赤く色づいた乳首は物欲しげに尖っていた。彼女はそこに触れられることを恐れている――この状況ではイカされたくないはずだった。

ピストン運動を受けながら乳首を刺激されるとどうなるか、カンナはよくわかっている。意志の力で体をコントロールできなくなる。頭の中が真っ白になり、為す術もなく快楽の海に溺れていく。

溺れたい、とも思っているはずだった。それを体が求めていた。紅潮した顔を悔しげに歪めながらも、尻を突きだしてくる。一ミリでも深く男根を咥えこもうと、健気にリズムを合わせはじめる。

崎谷は双乳から腰へと両手をすべらせた。くびれをがっちりつかんで、ピストン運動のピッチをあげた。パンパンッ、パンパンッ、と尻を鳴らして、連打を打ちこんでいく。

「はぁあああっ……はぁあああーっ！」

鏡に映ったカンナの顔が、ぐにゃりと歪んだ。ひどく焦りながら、すがるような眼を向けてくる。

パンパンッ、パンパンッ、と崎谷は尻を打ち鳴らしつづけた。リズムに乗るほどに、男根は尻の奥深くまで入っていった。亀頭がコリコリした子宮にあたり、新鮮な蜜がどっとあふれる。結合部から漏れだして、玉袋の裏まで垂れてくる。

「ダッ、ダメッ……」

カンナが真っ赤な顔で首を振った。

「もうダメッ……がっ、我慢できないっ……イッ、イッちゃうっ……イッちゃいますっ……イクイクイクウウウーッ！」

ビクンッ、ビクンッ、と腰を跳ねさせて、オルガスムスに達した。あえぎ声を我慢するなど、抵抗の姿勢を見せていたせいだろう。こらえていたぶんだけ、爆発の力は大きかった。最初の大きな波が過ぎても、体中の肉という肉が痙攣しつづけていた。彼女に訪れた愉悦の深さは、鏡に映った表情からもうかがえた。

「あああっ……あああっ……ああああああっ……」

きつく眉根を寄せて、眼をつぶっていた。双頬と小鼻を赤く染め、半開きの唇からピンク色の舌をのぞかせていた。

スケベな顔だった。間近でもっとよく見たくて、崎谷はカンナを振り返らせた。紅潮して汗ばんだ彼女の顔には、乱れた髪がくっついていた。指でそれをどけてやり、まじまじと顔をのぞきこんでやる。

カンナは薄眼を開けている。恨みがましい眼つきで見つめ返してくる。なにか言いたげに唇を震わせても、言葉は出てこない。それもオルガスムスの余韻だろう、両膝がガクガクと震えているのが、結合部を通じて伝わってきた。

## 6

崎谷は男根を抜き、カンナの華奢な双肩をつかんで部屋に戻った。ベッドに突き飛ばした。カンナはか弱い悲鳴をあげて、顔からベッドにダイブした。崎谷は服をすべて脱いでから、自分もベッドにあがっていった。

「崎谷さんの本性って……」

カンナが顔をあげてこちらを見る。眼つきが困惑しきっている。

「マグロ男じゃなくて、匂いフェチの変態だったんですか？　女を何日もお風呂に入れないで、抱くのが好きな男の話を聞いたことありますけど……」

くだらない軽口に付き合うつもりはなかった。カンナの足首をつかみ、うつ伏せからあお向けに体をひっくり返した。

さらに、両脚をM字に割りひろげた状態で、背中を丸めこんでいく――マングリ返しの格好だ。両脚の間から、いまにも泣きだしそうな顔をしているカンナの顔が見えた。視線と視線がぶつかりあった。

「もっ、もう許してくださいようっ……」

涙声を震わせて、カンナが言った。

「わたしいま、臭いでしょ？　お漏らししただけじゃなくて、昨日からお風呂に入ってないし、汗だってものすごくかいたし……」

崎谷は黙したまま、まぶしげに眼を細めてカンナを見つめた。

「汚れて臭い体を抱かれても、女は嬉しくないんですよ……恥ずかしいんですよ！　いまイッちゃいましたけど、イキながら心で泣いてたんですからね！　恥ずかしい、恥ずかしいって……汚れて臭い体を抱かれてイッちゃって、わたしってなんて恥ずかしい女なんだろうって……」

言葉を返すかわりに、崎谷は女の花に顔を近づけた。鼻から息を吸いこめば、たしかに強い匂いが鼻腔を刺した。だがそれは、アンモニア臭や汗の匂いでもなければ、女性器がショーツの中で蒸れていた匂いでもなかった。

それらを内包しつつも、もっと生々しい発情の匂いがした。新鮮な蜜を大量に分泌したからだろう。玉袋の裏まで垂れてくるほど、彼女はそれを漏らしていた。

「いっ、いやっ……」

カンナが顔をそむけた。崎谷が舌を差しだし、包皮から半分ほど顔をのぞかせているクリトリスに伸ばしていったからだった。舌先だけで慎重に舐めた。まずはまわりで円を描き、それから中心を刺激しはじめた。

ごく微弱な力で、ねちねち、ねちねち……。

「あああっ……くぅううっ！」

マングり返しに押さえこまれた不自由な体を、カンナがよじりだす。眼を閉じて、眉根を寄せる。四の五の言っていても舐められれば感じてしまう——女の哀しい性なのか。それとも、この女が特別なのか……。

崎谷は舌使いのギアをあげた。舌先で転がしているクリトリスはあくまでやさしく、けれども、その下でだらしなく口を開けている花びらは、音をたててしゃぶってやった。薄桃色の粘膜も、ざらついた舌の表面でやすりをかけるように刺激した。その一方で、クリトリスだけはねちねち、ねちねち……。

さらに、左右の人差し指を口に咥え、唾液をまとわせた。立ちバックで盛っていたときから、物欲しげに尖っている乳首を可愛がってやるためだった。

「いっ、いやっ……いやですっ……」

カンナは必死に身をよじり、乳房を揺らして乳首を逃がそうとした。もちろん、無駄な抵抗だった。しかも、いまの反応で崎谷は気づいてしまった。結合状態でなくとも、彼女はとことん乳首の刺激に弱いのだ。股間と同時に刺激されると、為す術がなくなってしまうのだ。

「あぁっ、いやっ……あああっ、いやあああっ……」

言葉とは裏腹に、顔は生々しいピンク色に染まっていく。眉間に深く刻んだ縦皺から、発情の甘酸っぱい匂いが漂ってくるようだ。

崎谷は焦らなかった。急に刺激を強めるようなことはせず、トロ火で煮込むようにカンナの発情を煮詰めていった。

「あああっ……はぁあああっ……」

カンナが首を振ってあえぐ。発情の匂いが強くなっていく。指につまんでいるふたつの乳首も、卑猥なくらい硬くなっている。

イキそうに見えた。イカせてしまえる手応えがあった。崎谷はあえて、クリトリスから舌先を遠ざけた。乳首をつまんでいた指も離す。

カンナが「えっ？」という顔をした。イキそうだったのにイケなかったもどかしさに、唾液まみれの唇を震わせた。

崎谷は気づかないふりをして、白い太腿にキスをした。両手では、ふたつの胸のふくらみを揉んでいた。

性感のピンポイントを刺激しないでおいて、カンナの呼吸が整ってきたら、またクリトリスと乳首を責めた。

イキそうになっても、イカせなかった。同じことを何度も繰り返した。カンナのあえぎ声は甲高く、せつなげになっていくばかりだった。天井を向いている女の花からあふれた蜜は草むらの方に垂れ、陰毛が黒々と光りながら磯海苔のように素肌にべっとりと貼りついた。

「どっ、どうしてっ……」

上ずった声で訊ねてきた。

「どうして途中でやめるんですか？」

「イカせてほしいのか？」

崎谷が見つめると、カンナは顔をそむけた。

「イカせてほしいのか？」

答えない。

しかし、崎谷がクリトリスを舌で転がし、左右の乳首をつまむや、

「あおおおおーっ！」

身の底から絞りだすような声をあげた。

「やっ、やめないでっ……途中でやめないでっ……今度は最後までっ……最後までっ……」

「イカせてほしいのか？」

崎谷は舌先に全神経を集中させ、クリトリスをねちっこく刺激した。敏感な肉芽は限界を超えて鋭く尖り、舌を離してもぷるぷると震えている。まるでそこに意志が宿っているように、淫らな刺激を求めている。

「イキたいのかって訊いてるぞ」

「ううう っ……」

カンナは陥落した。顔をそむけたまま、コクコクとうなずいた。全身の素肌が紅潮と汗でピンク色に輝き、さらに小刻みに震えていた。絶頂寸前で宙吊りにされている姿が、息を呑むほどいやらしかった。

「舐めてほしいのか？」

「……舐めて」

「臭いオマンコ舐められてイキたいのか？」

カンナはびっくりしたように眼を見開き、

「そっ、そういうこと言わないでくださいっ！」

見開かれた眼が、みるみる涙で潤んでいった。

「そういうひどいことっ……ひどいこと言わないでっ……」

「事実じゃないか」

じゅるっ、と音をたてて、崎谷は蜜を啜った。ためらうことなく嚥下した。

「小便漏らしただけじゃない。美人局でジジイのチンポ咥えこんでた、くっさいオマンコだ……」

「ひっ、ひどいっ……ひどいようっ……」

暴言に涙を流しながらも、カンナは身をよじっている。じゅるっ、じゅるるっ、と崎谷が蜜を啜りつづけているからだ。啜っては舌先でクリトリスを転がし、乳首をいじりまわしているからだ。

「言えよ……」

発情の蜜にまみれた唇で、崎谷はささやいた。

「臭いオマンコ舐められてイキたいなら、そう言え」

カンナはうめくばかりで言葉を返してこなかった。顔もそむけている。だが、我慢の限界が近いのは、火を見るよりもあきらかだった。すがるようにこちらを見てきても、もはや眼の焦点が合っていない。

「イキたいのか？」

「……イッ、イキたい」

カンナは涙を流しながら言った。

「イキたいです……」

「臭いオマンコ舐められてイキたいのか？」

「イキたい……臭いオマンコ舐められて……イッ、イキたいですっ！」

なんて恥知らずな女なのだろう。あれほどシャワー前のクンニリングスを拒んでいたのに、目の前ににんじんをぶらさげられれば、あっさり羞恥心をかなぐり捨てるのか。そうまでして、オルガスムスをむさぼりたいのか。

だが、それでいい――崎谷は思った。そういう彼女だからこそ、自分はセックスに開眼させられたのだ。恥にまみれても、すべてをさらけだしても、喉から手が出るほど欲しいものがそこにある。なりふりかまわずゆき果てて、イキきれば満面の照れ笑い……。

カンナにとっては、イクことが生きることなのかもしれなかった。少なくとも、そこに嘘はない。呆れるくらい健やかな、心身の躍動があるだけだ。

ならば好きなだけイケばいい……。

崎谷はマンぐり返しの体勢を崩し、勃起しきった男根で貫いた。

「ああああーっ！」

カンナは背中を弓なりに反り返らせ、それを戻す反動を利用して両手を伸ばしてきた。崎谷の首根っこにしがみついてくるまでの刹那、切羽つまった眼で見つめられた。唇同士が自然と吸い寄せられ、舌と舌がからみあった。

崎谷より先に、カンナが動きだした。乳房を崎谷の胸に密着させ、みずから乳首を刺激した。開いた股間を押しつけて、一秒でも早く淫らな刺激を得ようとした。

いやらしい女だった。いやらしすぎて、いっそ愛おしくなってくる。

崎谷は腕の中でジタバタと暴れるカンナをしっかりと抱きしめて、腰を使いはじめた。カンナが揺さぶってくる男の本能に身をまかせ、生涯最後の射精に向けてスタートを切った。

## 7

カンナがベッドから降りていくのが見えた。

降りた瞬間、腰と膝が砕けて崩れ落ちた。絨毯の上を四つん這いで進み、バスルームに向かっていった。たいした根性だと感心した。

彼女は嫌がっていたけれど、彼女の汚れた体を抱くのは悪い気分ではなかった。むしろ、興奮してしまったくらいだ。

そもそも、汗臭さなら、崎谷もけっこうなものだった。夜明け前、道に迷って四時間あまりも歩きつづけ、たっぷりと汗をかいた。スーツに着替えたときも、シャワーは浴びていない。にもかかわらず、カンナだってこちらの体を嬉しそうに舐めまわしてきた。匂いフェチの変態だというなら、それはお互い様だった。

バスルームからシャワーの音が聞こえてくると、あの匂いが流されてしまうのか、と少し淋しくなってしまったくらいだ。

とはいえ、カンナと入れ替わりに崎谷もシャワーを浴びるつもりだった。あの世に旅立つのに、汚れた体ではさすがに悲しい。身を清める必要がある。

セックスは終わった。カンナの中にたっぷりと精を吐きだしたおかげで、体が軽かった。気分もそれに比例していた。まさかこんなに清々しい気分で、人生の最期のときを迎えられるとは思っていなかった。

ベッドから降り、絨毯の上に脱ぎ散らかしてあったスーツを拾いあげた。汚れも皺も目立ったが、他に死に装束はない。ベッドの上にひろげた。

ベレッタ92も絨毯の上に転がっていたので、バスタオルに挟んで隠した。

苦笑がもれた。このホテルに入る前、カンナに拳銃を奪われるのではないかと疑っていたことを思いだしたからだった。

カンナは本当に——ただ単に、別れのセックスがしたかっただけのようだ。彼女らしいと言えば、らしい。そのらしさが、ベッドの上で崎谷をどこまでも燃えあがらせた。最高の抱き心地だった。素晴らしい冥土のみやげができたと、彼女に対していまは感謝しかない。

ぶるっ、となにかが震えた。スーツのポケットに入っているケータイがヴァイブしたようだった。確認すると、ショートメールが入っていた。

——いまちょっと電話できるかい?

〈鮨処やえがし〉の大将からだった。崎谷は鼻白んだ気分になった。美人局の件なら、当事者の口から真相をすっかり聞きだしていた。もうこれ以上、尾ひれのついた噂話を耳にしても、気分が悪くなるだけだろう。

それでも、崎谷は電話をかけた。こちらから強引に頼みこんで電話番号を交換してもらっておきながら、放置するのは失礼だと思ったからだ。いまかけなければ、永遠に放置することになる。

「もしもし、大将?」

「ああー、悪いね、急にごめんね……」

電話を通じて聞く大将の声は、いつもより甲高く聞こえた。かすかにではあるものの、焦燥感が伝わってきた。

「この前の話なんだけどさあ……」

「美人局の?」

「ああ、うん……実はその……非常に言いづらいんだが……」

口ごもりながら、大将は続けた。

「実はね、あれ頼まれたんだ。あんたの耳に美人局の件を入れてくれって……」

「頼まれたって、誰に？」

「カンナちゃんにだよ」

意味がわからなかった。

「いや、だからさ、カンナちゃんもあんたのこと憎からず思ってるんだろう。あんたのことを強請りたくないから、さっさと逃げだしてほしいんだよ……」

「……なるほど」

「とにかくそういうことだからさ。伝えたよ……いやもうホントに、昨日からずっと気になっちゃって。俺ってつくづく嘘をつくのに向いてないな……ハハハッ……」

長話になるのを嫌ったのだろう、大将は早々に電話を切った。

どういうことなのか考えがまとまる前に、カンナがバスルームから出てきた。

「さっぱりしたー」

バスタオルを体に巻いた姿で、こちらに近づいてくる。満面に笑みを浮かべ、足取りはスキップでもしそうだった。崎谷は気づかれないようにさりげなく、ベレッタ92を挟んだバスタオルにケータイを隠した。

カンナが身を寄せてくる。濡れた髪からシャンプーの残り香が漂ってくる。メイクを落とした顔があどけない。

「もう一回しますよね？　しましょうよ。シャワー浴びる前に鏡見て、わたし崩れ落ちそうになりましたから……見たこともないブスがこっち見てて、嘘でしょって……お風呂、ゆっくり入ってくださいね。湯船広いから、なんならのんびりお湯に浸かってください。わたし、気合い入れてメイクしますから。崎谷さんの記憶に残るのがあんなパンダ眼のブスなんて、絶対耐えられない……」

崎谷は曖昧にうなずき、拳銃とケータイを挟んだバスタオルを持ってバスルームに向かった。扉を閉めると、シャワーから湯を出した。浴びるためではなく、カモフラージュだ。湯船の縁に腰をおろし、こめかみを指で揉んだ。

いったいどういうことなのか……。

カンナが崎谷を逃がすためにリークしたという大将の憶測を、真に受けるわけにはいかなかった。

なるほど、ごく一般的な男と女なら、それも当てはまるかもしれない。美人局がターゲットに同情し、第三者を通じて自分の正体をリークする。女が美人局だとわかれば、たいていの男は被害に遭う前に逃げだすだろう。

しかし、カンナは知っている。崎谷が刺青を背負っていることも、キレたら三対一でも喧嘩を吹っかける、気性の荒い人間であることも……。

美人局であることがバレれば、自分がツメられるとは考えなかったのだろうか。ただ詰問するだけではない。嵌める相手を間違えたことを心の底から後悔させ、背後にいる人間まで引っぱりだし、きっちりと代償を払わせる——そういうことをしそうな男に見えなかったのか？

考えづらかった。カンナがいくら馬鹿でも、そこまで人の値踏みができない女だとは思えない。

それでは、こちらの素性及び気性を理解してなお、リークさせた目的はなにか？

いくら考えても、わからなかった。

ただ、黒々とした嫌な予感だけが胸にひろがっていく。あの女は、まだなにか嘘をついている——そんな気がしてならない。

とりあえず、熱いシャワーを浴びた。

気分がさっぱりするどころか、嫌な予感は強まっていくばかりで、心臓が早鐘を打ちだした。

そもそも、大将とカンナはどういう関係なのか。

一緒に〈鮨処やえがし〉に行ったときには、お互いに面識がない雰囲気だった。店主や店員がホステスと顔見知りでも、ホステスに連れがいる場合、そういう接客をする飲食店は珍しくない。ホステスだって涼しい顔で知らんぷりだ。

実は知りあいだった――それはいい。あれだけ店が近くにあるのだから、近所付き合いがあってもおかしくないし、カンナが〈鮨処やえがし〉を同伴に使うこともあれば、大将が〈ニューロマンス〉に飲みにいくことだってあるかもしれない。

だが、その程度の薄い関係で、リーク屋を安請け合いするだろうか。

もしかすると、カンナは大将になにか貸しがあるのではないか。若い女が中年男に貸しをつくるのなんて簡単である。大将のような恐妻家ならなおさらだろう。

こっそり体を与えればいいだけだ。

それに……。

そうなってくると、大将だけではなく、カンナには他にも秘密裏の仲間がいるという可能性が浮上してくる。

たとえば〈ニューロマンス〉で喧嘩を売った作業服姿の三人組――連中のセクハラの仕方は、あきらかに常軌を逸していた。にもかかわらず、ママもマスターもなにも言わなかった。

この小さな町であんなことをして許されるということは、なにか裏があるのではないか。

まさかカンナが頼んでやらせていた？

〈ニューロマンス〉で喧嘩を売った翌日、店の外で出くわしたのだって、考えてみればタイミングがよすぎる。

だが、いったいなんのために？

考えれば考えるほど思考は暗い袋小路に入りこみ、訳がわからなくなっていった。

たしかなことは、カンナはやはり信用ならない、ということだけだった。

先ほどまでこの腕の中にいて、恍惚を分かちあった女なのに……。


バスルームを出た。

カンナはベッドの上に座り、鼻歌まじりで化粧をしていた。崎谷が部屋に戻ったことに気づくと、悪戯っぽくニッと笑った。

「あんまり言いたくないですけど、わたしって化粧映えする顔してますよね」

白惚れるな、と腐すことはできなかった。さすが水商売歴八年と讃えるべきか、濃いめの化粧をした彼女は、匂いたつように美しかった。しばらく見とれていた。嘘にまみれた女の顔に……。

ぶるっ、となにかが震えた。

崎谷のケータイではなかった。ベッドの上に置かれたカンナのトートバッグの中で、ぶぶーっ、ぶぶーっ、とヴァイブしていた。

「やだ、こんなときに……」

カンナはバッグを睨みつけ、

「出なくていいや……せっかくのムードに水差されたくないですよね？」

崎谷を見ると外国人のように肩をすくめた。

「出ろ」

崎谷は表情を険しくした。

「えっ？」

「いいから出ろ」

「ええっ？　ええっ？」

カンナは困惑しながらもバッグを探り、手帳型のスマホケースを取りだした。白い革製だった。ずいぶんと黒ずんでいた。開いて画面を見るなり、眼を泳がせた。

「アキトシくん……なんですけど……」

「スピーカーで話せ」

カンナは言われた通りにスマホを操作し、ベッドの上に置いた。

「おまえの連れも勇者だなあ……」

ククク、と喉で笑う男の声がした。アキトシだろう。

「〈HOTEL桃源郷〉……誰がこんな臭そうなとこでセックスするんだろうと思ってたけど、恐れ入ったぜ」

「……なに言ってるの？」

カンナが困惑に声を震わせながら崎谷を見る。崎谷は息をつめている。なぜアキトシがこのホテルの名前を知っている？

「兵隊集めて囲んでるからよ。もうやることやっただろ？　そろそろ出てこいよ。おまえ、今回はホントいい仕事をしたぜ」

「どういうことよ？」

「俺たちが用のあるのは、連れの男だ。いつも通りだ。早く出てこい」

崎谷はスマホに指を伸ばし、タップして通話を切った。

「どうなってる？」

「わからない……」

カンナは首を横に振った。呆然としている。

「わたし、アキトシくんに連絡なんかしてないよ……ここがわかるわけないのに……なんで……」

崎谷はカンナのスマホをつかみとった。ゆうべからいままで発信の履歴はなかった。アキトシだけではなく、他の誰にも連絡していない。アプリを調べてみた。ＧＰＳのアプリが、きっちりオンになっていた。

「テメエ……」

「しっ、知らないっ……わたし知らないですよ……いつの間にそんなアプリが……いったいなんなの……」

カンナは混乱している。あるいは、混乱したふりをしている。どちらが正解か、崎谷は見極めようとした。

「いったいなにがしたいんだ？」

眉間に皺を寄せてカンナを睨んだ。

「金はいま、おまえの手の中にある。アキトシが美人局で強請りとれると思ってる額より、おそらくずっと多い。アキトシに首を突っこまれたら、おまえの取り分は半分になるぞ。いいのか、それで？」

半分ではすまない可能性も高い。五千万近い大金は、人を狂わせる。仲間を裏切ってでも、独り占めしたいという欲望が頭をもたげてくる。

「だから！　わたしはGPSなんて知らなかったんですってばぁ……」

「おいっ！」

カンナの肩をつかみ、揺すりたてた。

「おまえ、まだ嘘をついてるだろう？　俺に嘘をついている。そうだろ？」

渾身の眼力を込めて、顔をのぞきこんだ。カンナは息をとめ、眼をそらした。しばらく逡巡してから、コクンとうなずいた。

やはり、あるのか……。

「言ってみろっ！」

崎谷は声を荒らげた。

「腹の中を全部ぶちまけてみろっ！　早くっ！」

「……諦めたくない」

蚊の鳴くような声で、カンナは言った。

「なんだと？」

「崎谷さんのこと諦めきれない……だからエッチして……何回もして……全部うやむやにしちゃって……ついていこうかなって……」

まだそんなことを言っているのかと、崎谷は天を仰ぎたくなった。

だが次の瞬間、ハッと閃いた。雷に打たれたような気分だった。解けなかったパズルの最後のピースが、ようやく見つかった。

まだそんなことを言っている――つまり、カンナはブレていない。その場しのぎの嘘ではなく、もっと大きな嘘をついている。

「そうか……そうだったのか……」

どうしていままで気がつかなかったのだろう。カンナの目的は大金をつかむことでも、この町から逃げだすことでもない。いや、それも目的には違いないが、加えてもうひとつ、クライマックスのシナリオを用意していたのだ。

崎谷とアキトシを衝突させるという……。

〈鮨処やえがし〉の大将が美人局についてリークすれば、崎谷にツメられることをカンナはわかっていた。だが、それだけでは終わらない。裏で糸を引いているアキトシのことも排除してくれるはず――カンナはそう考えた。

その件に関しては結果が出る前に状況が変わってしまったが、崎谷が拳銃を持っていることを知ってからも、カンナはGPSのアプリをオフにしなかった。オフにするチャンスなんていくらでもあったはずだ。GPSのアプリはバッテリーを食うから、知らなかったではすまない。

GPSで居場所を特定したアキトシは、仲間を連れて強請りにくる手はずになっていた。いつものようにだ。崎谷はどうするか？　怒り狂って拳銃を抜き、引き金を引く——カンナはそう読んだ。いや、そういう結末を望んでいた。

「おまえってやつは……」

思わず笑ってしまった。こらえてもこらえても、腹の底からこみあげてきた。

「とことんいい女だな。呆れるのを通り越して、感心しちまった……おまえは俺に、アキトシを殺させたかったんだ」

「なっ、なに言ってるの……」

「しらばっくれてもダメだ。俺とアキトシを揉めさせて、アキトシを……いや、いっそのことふたりとも死んでくれないかと思ってた」

「そんな……」

カンナの顔は可哀相なくらいひきつっている。

「そんなの違う……全然違う……わたしはただ……」

「違わないっ！」

崎谷は一喝し、カンナを黙らせた。

ベッドから降りると、下着を着けた。ミッドナイトブルーのスーツを着て、ストレートチップの靴を履いた。

「おまえはここにいろ……」

カンナを見て言った。いまにも泣きだしそうな顔をしていた。なにか言いたそうだが、酸欠の金魚のように口をパクパクさせるばかりで言葉が出てこない。

「部屋から一歩も出るんじゃない。鍵掛けてじっとしてろ……」

念のため、洗面所の床に落ちていた黒いドレスを拾ってきた。すでにまともに着られる状態ではなかったが、トドメをさすようにビリビリに破っておく。さらに洗面台に水を張り、カンナのスマホと自分のガラケーを水没させた。

「まったくとんでもない女だな……」

カンナを見た。ベッドの上でうつむいて、むせび泣いている。

「でも、会えてよかったぜ。女にこれだけ振りまわされたのは初めてだが、なかなか面白い経験だった……嘘じゃないぜ。俺はおまえと違って嘘はつかない……」

カンナがしゃくりあげながら顔をあげる。せっかくの化粧がまた涙で流れ、パンダのような眼になっている。

「おまえは間違ってないよ。人を蹴落としてでも生きたいなら、生きればいい。アキトシは殺してやる。やつの存在が邪魔なんだろう？　それとも口を封じたい理由でもあるのか？　封じてやるよ、きっちりな……」

崎谷はベレッタ92のスライドを引き、安全装置をはずしてからベルトに差した。むせび泣いているカンナには一瞥もくれず、部屋を飛びだした。

8

崎谷とカンナがいた部屋は建物の三階にあった。

埃っぽい廊下を進み、エレベーターに乗りこんだ。フロントは一階、駐車場は地下――迷わずBのボタンを押す。

ゴンドラがのろのろと下降していく。出入り口は一階にもあったが、峠のふもとにあるラブホテルである。歩いてやってくる利用客なんているわけがない。待ち伏せされているとすれば、地下駐車場だろう。

エレベーターが地下に着いた。扉が開くと、駐車場全体を見渡せた。ざっくり二十台ほどの駐車スペースがある。

入ったときは四、五台停まっていたはずなのに、いま停まっているのは、ゴールドのアクアの他は一台だけだった。白いハイエース。ずいぶんとくたびれている。業者の車両かもしれない。

妙に静かだった。蛍光灯の青白い光のせいで、ガランとした空間全体が青みがかって見え、なんだか海の底にでもいるようだ。

崎谷はアクアに向かって歩きだした。

「うらあっ!」

背後から怒声が聞こえ、ハッと振り返った。どこの地下駐車場でも、鉄筋の入った太い柱があちこちに立っている。そのひとつから、大男が躍りでてきた。鉛色の鉄パイプを振りあげて……。

間一髪、避けた。振りおろされた鉄パイプは崎谷の肩をかすめ、コンクリートの床に火花を散らした。ガキッ! という音が鳴った。殺意のこもった音だった。

おいおい……。

背中に冷や汗が流れるのを、どうすることもできなかった。アキトシ率いるチンピラどもは、強請りにくるのではなかったのか? 美人局なら、まずは話しあいだろう。なぜいきなり襲いかかってくる?

頭に血が昇りすぎて、油断していたのかもしれない。前後左右の太い柱の陰から、男たちがわらわらと湧いてきた。一、二、三……全部で五人。手に手に武器を持っている。

ブンッ、と空気を切り裂く音が聞こえ、

「……ぐっ！」

頭に衝撃が走った。したたかに殴られた。たぶん角材だ。鉄パイプだったら死んでいたような加減のなさだった。

前にいる男にみぞおちを蹴りあげられると、もう立っていられなかった。崎谷はコンクリートの床に両膝をついた。

右足をひきずった男が、前に出てくる。アキトシだ。

「女はどうした？」

唇を歪めて言った。

「カンナって女とオマンコしてたんだろう？」

崎谷は瞼の上の血を指で拭った。頭のてっぺんから、盛大に血が噴きだしていた。鏡を見れば、顔中が真っ赤に染まった自分と対面できるはずだ。

「訊いてんだぞ、おい」

答えるかわりに、ベレッタ92を腰から抜いた。アキトシに銃口を向けると、ためらうことなく引き金を引いた。アキトシは表情を変えることもできなかった。

ズドンッ！

天井の低い地下駐車場に、銃声が轟いた。アキトシは吹っ飛ぶようにしてあお向けに倒れた。撃ったのは肩だ。そう簡単に殺しはしない。

「やってくれたな、この野郎……」

崎谷は右手で拳銃を持ち、左手で顔の血を拭いながら、立ちあがった。頭とみぞおちに、まだダメージが残っていた。しかし、急激に分泌しはじめたアドレナリンが、痛みをどこかに吹き飛ばしてくれる。

「おいっ！」

怒声をあげ、チンピラたちに銃口を向けた。

「うっ、撃つなっ！」

ひとりが叫んだ。崎谷とは逆に、全員顔色が真っ青になっていた。武器を捨てて両手をあげた。鉄パイプや角材が、カランと音をたてて床に転がった。

崎谷は一人ひとり、人相を拝んでいった。若草色の作業服を着ていた連中は、いないようだった。彼らより日焼けしていてガタイがいい。若草色が内装工事で、こちらは土木関係といったところか。

「しゃがめ」

崎谷が言うと、チンピラたちは顔を見合わせた。

「ダラダラしてると、生きて帰れねえぞ」

顔中に脂汗を浮かべながら、チンピラたちはしゃがんだ。崎谷はすかさず、ひとりの顔面を蹴りあげた。頭を角材で殴ってくれた大男だ。「ぎゃあっ！」と悲鳴があがった。爪先がまともに左眼に入った。眼球が潰れたかもしれない。

「うっ、うわあっ！」

別の男がはじかれたように立ちあがり、走って逃げだした。他の男もそれに続く。顔面を蹴りあげられた大男も、自分だけ残されてはたまらないとばかりに、四つん這いで逃げていった。崎谷は追わなかった。

「見捨てられたな？」

鼻で笑いながら、アキトシを見た。

「どうだい？　仲間に裏切られた気分は？」

アキトシは撃たれた肩を押さえ、うめき声をあげていた。歯を食いしばって、上体を起こした。

「弱味をつかんで働かせていた連中ばかりだ。あんなもんだろ……」

吐き捨てるように言う。

「カンナの弱味もつかんでいるのか？」

アキトシは質問に答えなかった。別の話をしたいようだった。

「俺のこと……覚えてるか？」

ゲホゲホと咳きこみながら言った。

「これが初対面、ってわけじゃないぜ」

「テメエみたいなド田舎のドチンピラ、知るわけねえだろ」

「昔、東京にいた……」

崎谷は眉をひそめた。

「ハッパを売ってて、あんたにシメられた」

「……なんだって？」

「もう十五年も前の話だよ……だからってこっちは忘れちゃいない。脚をやられたからな……俺はたしかにハッパを売っていた。でも、仲間内で楽しんでただけなんだ。儲けがあったわけじゃないし、本職の仕事の邪魔をするつもりなんて、これっぽっちもなかった。なのに、廃ビルに連れこまれて服を脱がされ……ボコボコだぜ。泣いて土下座しても、許してくれなかった。糞を漏らしたら、ゲラゲラ笑われた。小便はとっくに漏らしていた。それで最後に……やくざをナメるとどうなるか教えてやるって、右膝に鉄パイプを打ちおろされた。

スイカ割りみたいにな……」

崎谷は言葉を返せなかった。なにも思いだせなかったからだ。十五年前なら、そういうことを日常的にやっていた。

「普通、そこまでするか？　パクられたって、初犯なら執行猶予がつく。俺は東京が怖くなった。大学を辞めて、こっちに帰ってきた。でも、足がこんなじゃ、まともな仕事なんてありゃしねえ。先輩のやってる闇金を手伝って、細々と……」

「なにが細々とだ。カンナを嵌めて、美人局をやらせてたんだろう？」

「ああ、そうだ。俺の人生にもようやく光明が見えてきたと思ったよ。思いつきでやらせてみたんだが、蓋を開けてみてびっくりだ。あいつは美人局の天才だった。向いてるなんてレベルじゃない。騙している相手に、最後まで恨まれないんだ。なんなら、強請ったあとでも、俺に隠れてこっそり小遣い貰ってるくらいで……」

崎谷は苦笑した。そこまで相手を惚れさせることができるのなら、なるほど天才の域かもしれない。相手が恋をしているからだろう、とリエは言っていた。色恋営業の末路は、刃傷沙汰に決まっているのに……。

「それにしても、この町であんたを見かけたときは驚いたな……」

アキトシがふっと笑った。

「駅前のビジネスホテルの駐車場で、カンナと一緒にいるところを見た」

「カンナから連絡がいったのか？」

「違う。偶然だ。カンナはいちいち経過報告なんてしてこないから……とにかく、あんたを見て、自分の眼を疑ったよ」

「たいした記憶力だ」

崎谷はせせら笑ったが、アキトシもまた、笑った。意味ありげに、ギラギラした脂っこい笑みを浮かべた。

「ちょうど思いだしたところだったんだよ。大学時代の仲間に、東京で企業舎弟をやってる男がいてね。あんたが仲間とふたりで、組の金を持って飛んだって話が耳に入ってきたばかりだった」

「俺がどこの誰だかわかってたのか？」

「当時は有名人だったじゃないか。半グレ狩りで……もっとも、その後、鳴かず飛ばずって話も耳に入ってたけどな」

ククク、と喉を鳴らして笑う。

「この町で、あんたにやくざもんの連れはいないようだった。だが、組から奪った大金を持ってることは間違いないと俺は踏んだ。今日になって、カンナのＧＰＳが山ん中に向かっていることを知らせてくれた。ピンときたね。こりゃあ、金をピックアップにいったに違いないって……」

「いまの話……」

崎谷は低く唸るように言った。

「カンナはどこまで知ってる？」

「知らないよ。言ってないから」

「金を山分けしたくなかったからか？」

「いや……」

アキトシは曖昧に首をかしげた。表情が歪み、脂汗がひどかった。撃たれた肩がよほど痛むらしい。

「あの女は嘘つきだ。最終的に信用できない。実際、こうして裏切られた。まさか拳銃を持ってるなんて……知ってるなら教えろよ……馬鹿なのかよ……」

アキトシが下を向いてもごもごと愚痴りだしたので、

「悪いが、長い話にゃ付き合えねえぜ」

崎谷はアキトシの額に銃口を向けた。

「カンナはあんたに死んでもらいたいらしい。心あたりはあるかい？」

「さあな……」

アキトシは力なく首を振った。ハアハアと肩で息をしながら、ゆっくりと立ちあがった。

「俺たちはいいコンビだった。あいつのセックスはすごいんだ。どんなに枯れた爺さんでも蘇らせる。ただ、爺さん相手じゃ欲求不満が溜まるらしくてね。慰めてたのは、いつも……」

「黙れ」

引き金にかけた指に力をこめた。

「あんたも気をつけたほうがいい。〈ニューロマンス〉の裏口で、俺とカンナが話しているのをのぞいていただろう？　気づいていたよ。あんたはすごい眼をしてた……」

アキトシは歪んだ顔に嘲笑を浮かべた。

「あれは恋をしてる眼だった。ハハッ、半グレを何人も寝たきりにしたっていうおっかねえ喧嘩屋でも、恋をするんだって笑いそうになったな。恋しくてしようがないんだろ、カンナのことが。だがな、あんたもきっと、俺と同じ運命を辿ることになる。最後にはあの女に裏切られて……」

崎谷が引き金を引こうとしたときだった。

キキーッ！　とホイルスピンの音がして、白いハイエースが突然動きだした。運転しているのは、先ほど逃げたチンピラのひとり——眼が血走っていた。瞳孔も開いている。とにかく正気とは思えない顔をして、ハンドルを握っていた。アクセルはベタ踏みだ。こちらに向かって突っこんでくる。

崎谷は横っ飛びに転がった。ドンッ、と音がした。その場から逃れられなかったアキトシを、ハイエースが轢いたのだ。アキトシの体が、人形のように飛ばされた。啞然とする間もなく、ハイエースはそのまま柱に突っこんでいった。

ドガシャーンッ！　衝突音が地下駐車場を震わせ、ハイエースのフロントは無残に潰れた。真っ白く砕けたフロントガラスに、大量の血が飛び散っている。運転手の上体が、そこに張りついていた。シートベルトをしていなかったらしい。

背後に人の気配がした。大男が立っていた。左眼から血を流し、手には日本刀を持っている。片眼でこちらを睨めつけながら、鞘から白刃を抜きだした。

「殺す……絶対に殺す……」

自分に言い聞かせるように言っているその男もまた、正気を失っているようだった。

「殺してやる……殺すからなあ……」

崎谷は動けなかった。右手にベレッタ92は握っていなかった。横っ飛びに転がったときに落としていた。おそらく、背後の床に転がっている。だが、拾いにいけば背中を斬られる。

男から眼をそらすことができない。

「うおおーっ！」

男が日本刀を振りかぶって襲いかかってきた。崎谷はバックステップで逃れた。鼻先で、ブンッ、と白刃が空を切った。体中の毛穴から、どっと汗が噴きだした。片眼を潰されているくせに、男の遠近感はまともだった。間合いが狂っていない。

相手が長い得物を手にしている場合は、振りかぶったときに懐に飛びこむのがセオリーだ。とはいえ、鉄パイプや金属バットならともかく、日本刀ではリスクが高すぎる。恐怖が体の自由を奪う。

ブンッ、ブンッ、と白刃が空気を切り裂いた。崎谷は後ろにさがることしかできない。ベレッタ92が転がっている場所が視界に入ってきた。距離は二メートル。飛びついて銃を構えるのと、相手が斬りかかってくるのと、どちらが早いか——拾う動作のとき、背中に白刃が襲いかかってきそうな気がしてならない。

だが、後退っているだけではジリ貧だった。背中が柱にあたった。一か八か、ぎりぎりまで引きつけて、相手のミスを誘うか。コンクリート剝きだしの柱に、刀をぶつけさせる——そんなにうまくいくだろうか。首筋に冷や汗が伝う。

「死ねえええーっ！」

男が日本刀を振りかぶった瞬間だった。男と崎谷の間に、なにかが飛びこんできた。ズタズタに切れた黒い布を体にまとった女だった。ほとんど半裸のカンナは、両手をひろげてこちらを見ていた。泣き笑いのような顔をしている。

男が日本刀を振りおろした。そこにはカンナの背中があった。絹を引き裂くような悲鳴があがった。カンナは力なく崎谷に両手を伸ばしてきたが、しがみつくことができないまま、うつ伏せで床に倒れた。

「……テメエ」

男を睨みつけた崎谷は、頭の血管がぶちぶちと切れるのを感じた。飛びかかって顔面の中心に拳をめりこませた。崎谷は戦況を分析する冷静さを失い、男はカンナを斬ったことに動揺していた。それが勝負の分かれ道になった。

顔を押さえて前屈みになった男の脚を、崎谷はローキックで払った。寝かせてしまえば、巨漢であろうが関係ない。倒れた男の腹を蹴った。二発、三発とサッカーボールキックを入れてから、踵であばらを砕いた。男は脇腹を押さえてのたうちまわったが、逃がしはしない。空いた顔面を蹴りあげた。男が虫の息になっても、まだ気がおさまらない。

首を叩き斬ってやるつもりで、床に転がっていた日本刀を拾いあげた。柄（つか）をつかむと、違和感があった。

カンナを見た。うつ伏せに倒れていたが、血を流していなかった。崎谷は白刃をまじまじと眺めて、ふーっと息を吐きだした。

刃は研がれていなかった。

見かけ倒しの刀を捨て、かわりにベレッタ92を拾って、カンナに近づいていく。

「……わたし、死にますか？」

顔をあげ、いまにも泣きだしそうな眼で見つめてくる。

「死ぬなら、最期は、崎谷さんの腕の中で……」

「模造刀だよ」

「背中がすごく痛いです……」

「そりゃまあ、痛いだろうが……」

模造刀とはいえ、刃の部分は金属だ。巨漢の男にそれで思いきり背中を殴られたわけだから、打ち身や捻挫はもちろん、骨にヒビくらいは入っているかもしれない。それでも、命に別状はないだろう。

命に別状がありそうな人間なら、他にいた。ハイエースで柱に突っこんで血まみれになっているチンピラ、それに轢かれたアキトシである。ふたりともまだ息をしているようだが、瀕死の重体であることは間違いない。

「どうする？」

ベレッタ92のレバーを引き、カンナを見た。

「アキトシにトドメを刺すか？」

カンナは涙眼で首を横に振った。もう充分という意味なのか、最初からそんなことは望んでいなかったという意味なのか、崎谷には判断できなかった。

「わたし、嘘ついてないですよぉ……崎谷さんと一緒にいたいだけなんですよぉ……ＧＰＳのことだって本当に知らなかったしぃ……」

遠くからパトカーのサイレンの音が聞こえてきた。ホテルの人間が、警察に通報したらしい。

崎谷はあたりを見まわした。カンナの走ってきた方向の床に、ジュラルミンのアタッシェケースが転がっていた。彼女のトートバッグも一緒にある。崎谷は拾いにいき、カンナの前に運んでいった。ビリビリに破れた黒いドレスは、よく見ると赤い乳首が露わだった。

「早く逃げろ」

崎谷は上着を脱ぎ、カンナの肩にかけた。

「崎谷さんは？」

「俺も逃げる。こんなところにいるわけにはいかない」

「一緒に連れてってくれないんですか？」

「無理だって言ってるだろ」

「わたし、嘘ついてないのに？　体を張って崎谷さんを守った、優良債権なのに？」

涙眼で見つめてくる。

「いいから逃げろ」

「背中が痛くて立てないんですよぉっ！」

「じゃあ、おまわりに保護されればいい。みっちり絞られるだろうがな。金の出所は、ハゲオヤジの愛人でもやっていたと言っておけ。県議会がらみのハゲかもしれないって匂わせれば、警察も深くは追及しない……かもしれない」

崎谷は立ち去ろうとしたが、

「ひどいいいーっ！　ひどいいいいいーっ！」

カンナが泣きわめくので動けなくなった。しかたなく踵を返し、しゃがんだ。くしゃくしゃになっているカンナの泣き顔を睨めつけながら、低く言った。

「俺はアキトシを撃った。確実に指名手配される。それでもついてきたいのか？」

間髪を容れずに、カンナはうなずいた。涙眼を輝かせて、こう言った。

「どうせこの町に来る前、もっと悪いことしてきたくせにぃ……」

崎谷は太い息を吐きだした。どうやら、彼女の粘り勝ちだった。カンナの腰を抱いて起こした。思ったよりも重かった。頭の血はとまっていたが、ズキズキと疼いている。激しい眩暈がして、気を抜けば倒れてしまいそうだ。

それでもなんとかアクアまで運んでいき、助手席に乗せた。アタッシェケースとトートバッグも後部座席に放りこんだ。運転席に座り、エンジンをかけた。

パトカーのサイレンの音は、まだ遠かった。直感的に、逃げられると思った。

アクセルを踏んで地下駐車場を飛びだし、ラブホテルの敷地を出た。逃亡ルートは峠道を選んだ。ハイブリッドカーではいささか心許ないが、エンジン全開のヒルクライムだ。

助手席のカンナを見た。

満足そうに笑っているのでイラッとした。

ただ、彼女と一緒なら、もう少し生きのびられるような気がした。

いや、生きていたいと思った。

甲本を殺してから、そんなことを思ったのは初めてだった。そのずっと前、組に汚れ仕事を押しつけられたあたりから、生きる意欲なんて日に日に失われていくばかりだったのに……。

自嘲の笑みがもれた。

嘘だらけでも、恋は恋。

これが恋の力なら、たいしたものだと思った。

この作品は書き下ろしです。原稿枚数370枚（400字詰め）。

## 幻冬舎アウトロー文庫

●好評既刊
### 劣情
草凪　優

処女なのにこんなに濡らして……。20歳の姪・早苗と禁断の関係を結んだ元映画監督の津久井。ある日、都会に憧れる早苗に懇願され、二人は東京へ駆け落ちする。それが破滅の始まりだった――。

●好評既刊
### 黄昏に君にまみれて
草凪　優

ベテランソープ嬢・聡子の白魚の指が、独居老人・善治郎の首筋、胸、腋窩、脇腹を、ヌルリ、ヌルリと這い回る。浅草で昼酒を嗜み、吉原で女体にまみれる、善治郎の「孤独のエロス」な日々。

●好評既刊
### 奴隷島
草凪　優

令嬢・櫻子と執事の間宮が二人だけで暮らす孤島の洋館。その地下室に忍び込んだ嘉一が目にしたのは、裸で天井から吊るされている櫻子に乗馬鞭をふるう間宮の姿だった。匂い立つ官能小説。

●好評既刊
### 奴隷夫妻
草凪　優

「わたしが実はマゾだったら、どうする？」妻・貴子に告げられ、SM愛好家の家に連れていかれた竜平。目の前で繰り広げられる妻の痴態に竜平は怒り狂いながらも勃起し――。圧倒的SM官能。

●好評既刊
### 愛でも恋でもない、ただ狂おしいほどの絶頂
草凪　優

恋愛できない憂さを晴らすために、秘密の会員制買春サロンを訪れた女子アナの紗奈子。しかし冷たい眼をした男娼・貴島のプレイは想像を絶していた。紗奈子は果てしない肉欲の沼に溺れていく。

# 嘘だらけでも、恋は恋。

## 草凪優

令和3年12月10日　初版発行

発行人――石原正康
編集人――高部真人
発行所――株式会社幻冬舎
〒151-0051東京都渋谷区千駄ヶ谷4-9-7
電話　03(5411)6222(営業)
　　　03(5411)6211(編集)
振替00120-8-767643
印刷・製本―株式会社 光邦
装丁者――高橋雅之



幻冬舎アウトロー文庫

ISBN978-4-344-43156-0　C0193　O-83-13

幻冬舎ホームページアドレス　https://www.gentosha.co.jp/
この本に関するご意見・ご感想をメールでお寄せいただく場合は、
comment@gentosha.co.jpまで。